The Diamond Guys

Fynn

Jade McQueen ist das Pseudonym befreundeter Autorinnen, die bereits unabhängig voneinander erfolgreich Liebesromane veröffentlicht haben. Nun schlagen sie sich mit gemeinsamem Plotten und Schreiben die Nächte um die Ohren und haben riesigen Spaß dabei. Wie genau sie für diese spezielle Serie recherchiert haben, wollen sie allerdings nicht verraten …

Jade McQueen

THE DIAMOND GUYS

Fynn

ISBN 978-1511773928

www.facebook.com/TheDiamondGuysSeries

Prolog

Fynn Reynolds hatte kein Problem damit, sich vor Frauen auszuziehen. Er hatte auch kein Problem damit, sich von ihnen ausziehen zu lassen, sie mit einem Lasso einzufangen, Schokolade auf ihrem Körper zum Schmelzen zu bringen oder sie mit den Blütenblättern einer Rose zu verwöhnen. Womit er aber ein Problem hatte, war, auf sie zuzugehen und sie anzusprechen.

Nicht gerade die optimale Voraussetzung dafür, den Teil seines Jobs auszuführen, der Fynns bestem Kumpel Liam das größte Vergnügen bereitete. Schon vor einiger Zeit waren er und ein paar der anderen Jungs aufgebrochen, um durch die Straßen und Bars rund um den Ocean Drive zu ziehen und den Ladies Eintrittskarten für ihre spätere Bühnenshow in die Hand zu drücken. *Anheizen* war der offizielle Ausdruck, *Frauenfischen* nannte es Liam - und wie so oft hatte sich Fynn vor dieser Aufgabe gedrückt.

Stattdessen stand er nun schon seit einer Viertelstunde auf dem Balkon und genoss diese unglaubliche Aussicht. Eine Aussicht, die selbst nach zwei Jahren in Miami Beach nichts von ihrer Faszination auf ihn verloren hatte.

In Hialeah hatte er in einem grauen Vorort gelebt, wo streunende Hunde, Obdachlose und Kinder gleichermaßen in den Mülltonnen vor den heruntergekommenen Häusern wühlten, und die Zimmer der Motels häufig nach Stunden und nicht nach Tagen bezahlt wurden. Der Kontrast zu Miami Beach konnte kaum größer sein. Hier war alles bunt: die Häuserfassaden, die Blumen und all die schrägen Vögel, die die Straßen und die Strandpromenade bevölkerten.

Fynn warf einen Blick auf die Uhr. Gleich neun. Die Sonne war bereits hinter dem Horizont verschwunden und nur noch als orangefarbenes Glühen zu sehen. Auch der ansteigende Geräuschpegel auf den Straßen deutete darauf hin, dass bald die Nacht einbrechen würde. Zeit zur Arbeit zu gehen. Seufzend stieß er sich von der Brüstung ab und verließ das Apartment. Normalerweise mochte er seinen Job wirklich gern, aber heute konnte er keine rechte Motivation dafür aufbringen.

Vor dem Aufzug begegnete ihm Mrs. Higgins, die wie immer von einem Rudel Hündchen umgeben war. Als die wuselnde Meute Fynn bemerkte, raste sie kläffend auf ihn zu und drängte sich um seine Beine.

„Na, Fynn. Auf dem Weg zur Arbeit?"

„Wie jeden Abend, Mrs. Higgins." Fynn beugte sich zu den Zwergpinschern herunter und streichelte ihnen über die winzigen Köpfe.

Ein kummervoller Ausdruck huschte über Mrs. Higgins runzliges Apfelgesicht. „Ach, Fynn, wann lernst du endlich etwas Ordentliches? Du wirst dir wegen dieser liederlichen Tätigkeit deinen verdienten Platz im Himmel verbauen."

„In einem halben Jahr habe ich das Geld fürs College zusammen. Dann strippe ich nur noch für Sie, versprochen." Fynn grinste Mrs. Higgins frech zu.

Deren Gesicht nahm eine zartrosa Farbe an. Gespielt empört schlug sie ihm eine ihrer Hundeleinen auf den Arm. „Dass du dich nicht schämst, eine alte Frau wie mich derart in Verlegenheit zu bringen." Aber ihre dunklen Augen funkelten belustigt.

Unten angekommen bog Mrs. Higgins in Richtung der Strandpromenade ein, Fynn machte sich auf den Weg zum nahegelegenen Diamond Club, wo Liam und er an fünf Abenden in der Woche ihre Tanz-Acts aufführten.

Mittlerweile war die Dämmerung hereingebrochen, und an den Fassaden der Art-Déco-Häuser am Ocean Drive flammten die bunten Neonröhren auf. Während Fynn darauf wartete, dass die Ampel an der Kreuzung Ecke Third Street auf Grün sprang, hielt ein pinkfarbener Cadillac neben ihm am Straßenrand.

„Angeblich hat die Karre früher Elvis gehört", vernahm er eine ihm wohlbekannte Stimme. Fynn drehte sich um. Liams Freundin Rayne kam, mit Baggy Pants und einem roten Shirt bekleidet, auf ihn zu und lächelte ihn an.

„Hey, du!" Sie küsste ihn auf die Wange.

„Woher weißt du das?", fragte er mit einem Kopfnicken zum Cadillac und erwiderte ihre Umarmung.

„Man merkt, dass du keine Tageszeitung liest. Zumindest nicht den Klatschteil. Der Schlitten gehört Ernie Hamilton, und der Kerl hinter dem Steuer ist sein Sohn Hugh." Sie deutete mit dem Kinn auf den geschniegelten Mann im schwarzen Hemd.

Der Name Hugh sagte Fynn nichts, wohl aber der seines Alten. Ernie Hamilton war ein milliardenschwerer Geldsack, dem neben einem gigantischen Medienimperium außerdem noch mehrere Clubs und Hotels in Miami Beach gehörten. Neben Hamilton junior saß eine junge Frau mit taillenlangen blonden Haaren auf dem Beifahrersitz, der er besitzergreifend eine Hand in den Nacken legte.

„Und wen hat er da bei sich?“

„Keine Ahnung, wie das Mädel heißt. Aber sind diese singenden und schauspielernden Models nicht sowieso alle austauschbar?“

In dieser Hinsicht musste Fynn Rayne recht geben. Dennoch fiel es ihm aus irgendeinem Grund schwer, die Blondine aus den Augen zu lassen. Vielleicht lag es an der merkwürdigen Tatsache, dass sie ihre Arme trotz der Schwüle in einer Strickjacke versteckte. Oder an der Art, wie sie unter dem Griff ihres Begleiters verunsichert die Schultern hob.

Die junge Frau öffnete die Autotür. Ellenlange Beine in High Heels erschienen auf dem Gehsteig, ein schlanker Körper im bunten Sommerkleid folgte. Aber bevor Fynn einen Blick auf ihr Gesicht erhaschen konnte, zog ihr Freund sie noch einmal an sich und küsste sie gierig. Fynn wandte den Kopf ab.

„Bist du auch auf dem Weg zum Club?“, erkundigte er sich bei Rayne.

„Ich muss doch schauen, ob sich das harte Training bei *Deputy Handsome* ausgezeichnet hat.“ Sie lächelte Fynn vergnügt an. Rayne und Liam waren erst seit Kurzem zusammen. Sie hatten sich kennengelernt, weil Liam mit seinem verhassten Kollegen Rick gewettet hatte, wer von ihnen es schaffen würde, während einer Show It-Girl Selena Sullivan auf die Bühne zu holen. Und Rayne, eine professionelle Streetdancerin, sollte Liam helfen, eine Choreografie auszuarbeiten. Die Wette hatte Liam nicht gewonnen, dafür aber Raynes Herz. Und auch Fynns bester Freund, der jahrelang nichts hatte anbrennen lassen, schien es dieses Mal wirklich ernst zu meinen.

Die Fußgängerampel schaltete zum zweiten Mal auf Grün.

„Jetzt komm endlich. Auch wenn die Aussicht hier bestimmt sehr inspirierend ist", neckte Rayne ihn und griff nach seiner Hand.

Gemeinsam mit der Blondine überquerten sie den palmengesäumten Ocean Drive und eine ganze Zeitlang sah es aus, als ob sie alle den gleichen Weg hätten. Sie bog sogar in dieselbe Seitenstraße ein wie Fynn und Rayne. Erst vor der Bar Paradise Lost blieb sie stehen. Eine üppig gebaute Latina löste sich aus einer Gruppe von sechs jungen Frauen.

„*Sopresa!*", schrie sie, und wie auf Kommando stürzten sich die anderen Mädels ebenfalls auf ihre Freundin.

Rayne schnaubte. „Bei einem einzigen Cocktail wird es für Hugh Hamiltons Begleiterin heute Nacht mit Sicherheit nicht bleiben", sagte sie trocken, und auch Fynn konnte sich ein Grinsen nicht verkneifen.

Die junge Frau sah sich suchend um, als überlegte sie, in welche Richtung sie am ehesten entfliehen könnte. Dabei blieb ihr Blick an Fynn hängen. Aufgrund ihres geschniegelten und gegelten Partners hatte er sie für eine dieser typischen Blondinen gehalten, auf die man in Miami so häufig traf: rundes Kindergesicht, Schmollmund, leicht aufgeworfene Stupsnase. Doch das Gesicht, das ihm entgegenschaute, war schmal, mit hohen Wangenknochen, einer geraden Nase und mandelförmigen hellgrauen Augen. Sie lächelte Fynn kurz an und entblößte dabei eine Reihe perfekter Zähne. Dann wandte sie sich wieder an ihre Freundinnen. „Ihr verrückten Hühner. Was macht ihr denn alle hier?"

„Na, was wohl? *Vamos a la fiesta*. Wir wollen mit dir feiern", hörte Fynn eines der Mädchen rufen, ehe Rayne ihn weiterzog.

***

Obwohl der Club erst in einer halben Stunde öffnen würde, wartete bereits eine stattliche Schlange aufgedrehter Frauen und Mädchen vor dem einstöckigen Gebäude, über dessen Eingangsbereich der funkelnde Schriftzug *Diamond Club — For Ladies Only* prangte. Fynn grüßte den Türsteher mit einem Nicken, bevor er mit Rayne durch einen dämmrigen Flur ging, an dessen Ende er von gedämpftem blauen Licht empfangen wurde.

Die Vorbereitungen für die Show waren bereits in vollem Gange: Miles, der DJ, stand hinter seinem Mischpult, Norah und Jane füllten die Getränkevorräte der halbkreisförmigen Bar auf, und auf der Bühne probten Liam und fünf andere Diamond Guys in schwarzen Hosen und weißen Hemden noch einmal ihren neuen Tanz-Act zu *I feel good* von James Brown.

And I feel nice, like sugar and spice, like sugar and spice. So nice, so nice, I got you.

Bei den letzten Worten vollführten die Männer eine schnelle Drehung, bei der sie sich mit einer einzigen Bewegung die Hemden vom Leib rissen.

„Liam ist richtig gut geworden", bemerkte Fynn anerkennend.

„Sag ihm das bloß nicht. Sein Ego muss kleingehalten werden, sonst denkt er wieder, dass er eure Gäste allein mit seinem knackigen Arsch beeindrucken kann. Leider ist mein Süßer nicht so diszipliniert wie du." Rayne zwinkerte Fynn vergnügt zu. „Habe ich dir eigentlich schon einmal gesagt, wie sehr ich deine Art zu tanzen mag?"

Fynn spürte, wie er rot wurde. Ihre unverblümte Art verunsicherte ihn. Außerdem besaß er nicht Liams Selbstbewusstsein. Im Gegensatz zu seinem besten Freund bezweifelte er nämlich stets, dass die Komplimente, die er bekam, ernst gemeint waren. Dabei wusste Fynn, dass er gut tanzte. Doch dies schob er eher seinem jahrelangen Trainingsfleiß als wirklichem Talent zu.

Schon als Dreizehnjähriger hatte er vor dem Fernseher gestanden und versucht, die Hip-Hop-Moves von Jay Z und Co zu imitieren, während seine Kumpels zum Basketballplatz losgezogen waren. Damals war er von seinen Freunden deswegen häufig verarscht worden, aber ein paar Jahre später sah die Sache ganz anders aus. In den Clubs konnte man die Frauen nicht mit Airballs, Crossovers und Dunkings beeindrucken, sehr wohl jedoch damit, wenn man es verstand, seinen Körper zu heißen Beats zu bewegen. Und in einem dieser Clubs hatte ihn Mr. D vor vier Jahren entdeckt und ihn davon überzeugt, dass Fynn mit dem Tanzen mehr Geld verdienen konnte als mit dem Reparieren von Autos. Zumindest, solange er bereit war, sich dabei auszuziehen.

Während Rayne sich an der Bar eine Cola bestellte, betrat Fynn durch eine Seitentür den Privatbereich des Clubs, in dem sich Mr. Ds Büro, Duschen und der Umkleideraum der Jungs befanden.

Jason Donegal, der Clubbesitzer, der von allen nur Mr. D genannt wurde, saß trotz des baldigen Showbeginns mit gefurchter Stirn am Schreibtisch und arbeitete. Fynn versuchte, sich unauffällig an der offenen Tür vorbeizuschleichen.

„Fynn!", hörte er die scharfe Stimme seines Bosses.

Er fuhr herum. „Was gibt´s?"

„Du bist zu spät."

Fynn schielte auf seine Armbanduhr. Ja, ganze zwei Minuten! „Tut mir leid, Boss, wird nicht wieder vorkommen", sagte er artig.

„Schau, dass du dich umziehst", blaffte Mr. D ihn an und wandte sich wieder seinen Papieren zu.

Nur schwer widerstand Fynn der Versuchung, mit den Augen zu rollen. Er konnte es sich schließlich nicht leisten, seinen Chef gegen sich aufzubringen. Denn anders als die meisten Jungs der Truppe wollte Fynn nicht ewig strippen, sondern das College nachmachen und Arzt werden. Dieses Ziel war mit der Menge an Dollars, die ihm die Ladies jeden Abend in den Slip steckten, bereits in greifbare Nähe gerückt, und er würde den Teufel tun, das aufs Spiel zu setzen. Ohne Mr. D würde er immer noch in Hialeah sitzen, tagsüber in der Autowerkstatt arbeiten und seine Abendstunden damit verbringen, mit seinen Kumpels Bier zu trinken und Karten zu spielen. Sein Boss mochte ein Arsch sein, aber durch seine Regeln herrschte Ordnung bei den Diamond Guys. Denn jeder wusste, dass er rausgeworfen wurde, wenn er sich nicht daran hielt, und dass das schöne Leben dann schneller ein Ende hatte, als einem lieb war.

Im Umkleideraum stieß Fynn auf Angelo, der bereits sein Bühnenoutfit trug und vor seinem Schminkspiegel saß – und auf Rick, *The Viking,* der an einem der Waschbecken stand und sich die Brust enthaarte. Fynn betrachtete ihn genervt. Warum konnte der Kerl das nicht wie alle anderen zu Hause machen? Aber er kannte die Antwort längst: weil Rick den muskulösesten Körper von ihnen allen besaß und keine Gelegenheit ausließ, ihn in Szene zu setzen. Weder auf der Bühne noch vor seinen Kollegen.

„Was glotzt du so?", knurrte Rick. „Bist du neuerdings scharf auf mich?"

Fynn öffnete den Mund, um zu einer Erwiderung anzusetzen, doch Angelo schüttelte kaum merklich den Kopf. Er drehte sich zu dem Hünen um. „Schön wäre es, nicht wahr? Bedauerlicherweise bleiben solche Zuckerschnitten wie unser *Gentleman* Männern wie dir und mir leider verwehrt."

„Willst du damit etwa andeuten ...?" Ricks heller Teint verfärbte sich.

„Nun, eine Frau habe ich noch nie in deiner Nähe gesehen", erwiderte Angelo ungerührt. „Zumindest nicht abseits der Bühne."

Der Hüne presste Ober- und Unterkiefer für einen Augenblick fest zusammen und setzte zu einer Erwiderung an.

„Reg dich ab, *Viking*", ging Fynn dazwischen. „Unser Kleiner hat nur einen Scherz gemacht." Rick war heute Abend anscheinend mal wieder auf Konfrontation aus, und auf weiteren Ärger konnte Fynn nach dem Rüffel seines Bosses dankend verzichten.

„Natürlich, Schätzelein. Niemand ist so hetero wie du", beschwichtigte ihn nun auch Angelo, und zu Fynn gewandt fügte er leise hinzu: „Mein Gottchen, der hat aber eine Laune. Gut, wenn der gleich raus kann und sein Testosteron verteilen darf." Angelos Blick glitt über Fynns verschwitztes Rippshirt. „Du solltest übrigens vorher noch einmal duschen, Herzchen. Bist du zum Club gejoggt, oder haben dich die Frauen auf dem Ocean Drive zum Transpirieren gebracht?"

Als Fynn frisch geduscht und im Bauarbeiter-Outfit vor den Aufgang zur Bühne trat, warteten die anderen Diamond Guys bereits auf ihren Einsatz und von draußen hörte man, wie Mr. D seine Jungs ankündigte.

Liam hob eine Augenbraue. „Heute nimmst du es mit der Pünktlichkeit aber nicht besonders genau, Alter. Wir dachten schon, dass wir ohne dich anfangen müssen. Rick hätte nur zu gern deinen Part in der ersten Reihe übernommen."

Tatsächlich hatte Fynn länger als sonst geduscht. Und kälter. Hugh Hamiltons Begleitung ging ihm einfach nicht aus dem Kopf. Sie gefiel ihm, das konnte er nicht verleugnen, und es war eine Zeitlang her, dass ihn eine Frau so richtig interessiert hatte. Schnell schüttelte Fynn den Kopf, um diesen Gedanken zu verscheuchen. Draußen warteten schließlich eine ganze Menge anderer Frauen auf ihn. Auf die sollte er sich konzentrieren, und nicht auf die Freundin eines reichen Lackaffen.

„Es geht los." Liam gab ihm einen Schubs, und Fynn stolperte wenig elegant auf die Bühne. So lässig, wie es ihm nach diesem Auftakt möglich war, schlenderte er neben den anderen Diamond Guys zu deren Rand und stellte sich mit gespreizten Beinen und vor der Brust verschränkten Armen in Position. An das grelle Scheinwerferlicht, das ihn dort erwartete, würde er sich wohl nie gewöhnen. Genauso wenig an den Pulk von Frauen und Mädchen, die sich beim Anblick der neun durchtrainierten Jungs die Seele aus dem Leib kreischten.

Fynn jedoch hatte nur Augen für eine. Denn Hugh Hamiltons Freundin saß an einem Tisch direkt vor ihm. Mit einer dunklen Hornbrille auf der Nase – und einem weißen Brautschleier auf dem Kopf.

1. Kapitel

„Das ist hoffentlich nicht euer Ernst." Ich starrte auf die bestimmt zweihundert Meter lange Schlange. Mädchen in kurzen Röcken, die aussahen, als wären sie noch auf der Junior High, standen ebenso vor dem Diamond Club an wie dauergewellte Hausfrauen, die die vierzig mit Sicherheit bereits seit einigen Jahren überschritten hatten. „Ein Strip-Club! Wessen Idee war das?" Ich sah die beiden Cortez-Schwestern fest an.

Lupita hob die Hände. *„No me mires asi*. Sieh mich nicht so an. Ich bin unschuldig. Rosy hat den Abend geplant. Sie war letztes Wochenende schon einmal hier und hat sich in einen der Stripper verguckt."

„Mentirosa. Das stimmt überhaupt nicht." Roselyn rammte ihrer älteren Schwester den Ellenbogen in die Seite. „Der heiße Feuerwehrmann und ich hatten nach der Show lediglich einen Drink zusammen."

Ich konnte mir ein Grinsen nicht verkneifen. „Ich feiere also meinen Junggesellinnen-Abschied in einem Strip-Club, damit du am Ende des Abends eine weitere Kerbe in deinen Bettpfosten ritzen kannst?"

„Definitamente no", konterte Roselyn. „Du feierst deinen Junggesellinnen-Abschied in einem Strip-Club, damit du mal den Stock aus dem Arsch bekommst."

„Du bist unmöglich, Rosy." Lupita verdrehte die Augen. „Sei froh, dass *mamá* dich nicht gehört hat." Dann wandte sie sich mir zu: „Wir dachten, dass es eine gute Idee ist, dorthin zugehen, damit du dich mal so richtig amüsierst. Du hast in letzter Zeit so viel mit deinen Fällen zu tun gehabt. Und mit den ganzen Hochzeitsvorbereitungen." Sie berührte mich leicht am Arm. „Irgendwann musst du dich schließlich auch mal entspannen ..."

„*Es cierto.* Und vor allem solltest du unbedingt noch ein letztes Mal Party machen, bevor Hamilton junior dich einsperrt und dein Highlight der Woche ein Essen im Golf Club mit anschließender Charity-Veranstaltung sein wird", fiel ihr Roselyn ins Wort.

„So einer ist Hughie nicht", protestierte ich. „Wenn man dir zuhört, könnte man glatt glauben, dass ich als Ehefrau den ganzen Tag nichts anderes tun werde, als zur Maniküre zu gehen und faul am Pool herumzuliegen. Auch wenn ich verheiratet bin, werde ich trotzdem weiterhin arbeiten."

„*Lo siento,* ich vergaß. Als Anwältin rennt man den ganzen Tag mit einem Partyhut auf dem Kopf herum und hat irre viel Spaß. Du brauchst also unsere kleine Fiesta gar nicht. Und ich bekenne mich schuldig." Roselyn grinste mich spitzbübisch an. „Wir gehen in den Club, damit ich am Ende diesen heißen *papacito* vernaschen kann. Deinen Junggesellinnen-Abschied benutze ich, egoistisch, wie ich bin, lediglich als Alibi." Sie drehte eine lange Locke um ihren Zeigefinger, eine Geste, die ich auch bei Lupita häufig beobachten konnte, und ich fand es wieder einmal verblüffend, wie ähnlich sich die beiden Schwestern sahen.

Obwohl Roselyn fast drei Jahre jünger war als Lupita, hätten die beiden mit ihren ebenmäßigen Gesichtszügen und den prächtigen schwarzen Haaren als Zwillinge durchgehen können. Nur, dass Lupita bestimmt zwanzig Kilo mehr auf den Rippen hatte. Im Gegensatz zu Roselyn, die von Champagner, Luft und Liebe zu leben schien, aß meine beste Freundin einfach zu gern. Und auch wenn sie selbst es überhaupt nicht wahr haben wollte, standen ihr diese Rundungen wirklich gut.

„Ich weiß nicht, ob das so eine tolle Idee ist … Vor allem nicht unter der Woche. Schließlich muss ich morgen arbeiten."

„Sarah!" Lupita sah mich streng an. „Du musst immer arbeiten, *amiga*. Und natürlich wäre es uns auch lieber, nicht gerade unter der Woche einen drauf zu machen. Doch du ziehst es ja vor, die Wochenenden mit deinem Herzblatt zu verbringen."

„Aber nur, weil Hughie so wenig Zeit hat. Und irgendwann will ich ihn nun einmal sehen", verteidigte ich mich. „Außerdem glaube ich nicht, dass er begeistert ist, wenn er erfährt, dass ich mit euch eine Strip-Show besucht habe. Er denkt, dass wir nur ein paar Cocktails zusammen trinken gehen."

„Ach!" Roselyn hob die Augenbrauen. „Ich dachte, dein *novio* legt dich nicht an die kurze Leine."

„Das macht er auch nicht. Aber versetzt euch mal in seine Lage! Wie steht er da, wenn die Presse erfährt, dass seine Verlobte ihre letzten Stunden in Freiheit damit verbringt, nackten Kerlen auf den Hintern zu schauen?"

„Nicht nur dahin, *chichita*", feixte sie. „Ich habe gehört, dass es im Diamond Club auch hin und wieder Nummern geben soll, bei denen die Damen ein bisschen mehr zu sehen bekommen."

Ich konnte förmlich spüren, wie diese Aussicht mir sämtliche Farbpigmente aus der Haut zog. Und ich sah es schon vor mir: Mein Gesicht in Großaufnahme im Miami Herald. Nur wenige Zentimeter von einem Stripper entfernt, der mit seinem Dingsda vor meiner Nase herumwedelte. Mir wurde ganz mulmig zumute. Seit ich mit Hugh zusammen war, hatte ich mich bereits mehrmals im Gesellschaftsteil der Zeitung abgebildet gesehen. „Was, wenn mich jemand fotografiert?"

„Stell dich nicht so an, *princesa*." Auch Lupita fand anscheinend, dass ich mich genug geziert hatte. „In Miami Beach wimmelt es von Prominenten. Warum sollten sich Paparazzi ausgerechnet an deine Fersen hängen? Dein Hughie ist schließlich nicht Antonio Banderas, und du bist nicht Paris Hilton. Und jetzt komm. Die anderen Mädels sind so gut wie drin." Sie und Roselyn hakten sich bei mir unter.

Ich kannte die beiden Schwestern schon ewig. Ihre Familie war von Mexiko in die USA gezogen, weil ihrem Vater Fernando in seiner Heimat immer wieder damit gedroht worden war, dass man eines seiner Kinder entführen werde, wenn er sich weigere, Schutzgelder zu bezahlen.

An den Tag, an dem die Familie Cortez in das Haus neben unserem in Coral Gables eingezogen war, konnte ich mich noch gut erinnern, denn es war zwei Wochen, nachdem wir meine Mom beerdigt hatten. Mein Dad und ich kamen gerade vom Friedhof, als der riesige Umzugswagen vorfuhr und zwei schwarzhaarige Kinder herauspurzelten, ein weiß-braun-gescheckter Hund, eine langhaarige Katze und zwei bunte Papageien, die mit aufgeplustertem Gefieder auf den Stangen ihrer Vogelkäfige saßen, folgten. Mit offenem Mund hatte ich die ungewöhnliche Truppe auf dem Weg zu ihrem neuen Haus beobachtet. Penelope Cortez, die als Letzte aus dem Wagen stieg und ein schreiendes Baby in einem Tuch vor der Brust trug, blieb stehen und fragte mich, ob ich in den nächsten Tagen vorbeikommen wolle, um mit ihren Kindern zusammen süße Churros zu essen.

Seitdem war ich ein ständiger Gast bei den Cortez'. In deren lautem Chaos gefiel es mir viel besser, als in den stillen Zimmern des riesigen Hauses, das ich allein mit meinem Dad bewohnte und das mir die Abwesenheit meiner Mutter auch Jahre später noch schmerzlich bewusst machte.

***

Kaum hatten wir den dämmrigen Vorraum des Clubs betreten, öffnete Roselyn ihre Handtasche. Ich rechnete damit, dass sie irgendetwas an der Garderobe abgeben wollte und dafür ihr Portemonnaie brauchte, aber stattdessen zog sie ein Stück zusammengeknüllten weißen Tüll hervor. Zu meinem Entsetzen entpuppte sich das Ding als kurzer Brautschleier. Mit einem zufriedenen Lächeln steckte Roselyn ihn mir ins Haar. „*Perfecto*. Jetzt musst du nur noch dieses hässliche Teil loswerden." Sie deutete auf das Jäckchen, das ich über meinem schulterfreien Sommerkleid trug.

„Was stimmt damit nicht?" Ich zupfte nervös an dessen Saum.

„Es ist altrosa. Es sieht aus wie ein Bademantel. Und dann diese draufgestickten Blümchen ... Willst du weitere Gründe hören, die dafür sprechen, dir dieses *monstruo* so schnell wie möglich von den Schultern zu reißen?" Roselyn schnitt eine Grimasse. „*Por dios*, Sarah! Wie kannst du so etwas anziehen? Du bist achtundzwanzig und keine achtundsechzig."

„Hughie meinte, dass ..."

„Aha." Der Blick meiner Freundin sprach Bände.

Ich musste mir auf die Lippen beißen, um mich nicht schon wieder auf eine Diskussion über meinen Verlobten einzulassen. Was sollte falsch daran sein, wenn er sich um mich sorgte? Miami Beach war ein heißes Pflaster. Und auch ohne Hughies Bitte, mich beim Weggehen nicht gar zu aufreizend zu präsentieren, wäre ich nicht so tollkühn wie Roselyn, abends in einem Kleid durch die Bars zu spazieren, das kaum die Ausmaße eines Handtuchs besaß. Das war einfach nicht mein Stil.

Verärgert wollte ich zu einer scharfen Erwiderung ansetzen, als ich durch den Satinstoff meiner Clutch die Vibration meines Smartphones spürte. Eine SMS von Hughie! Bestimmt wollte er mir einen schönen Abend wünschen. Mit einem kleinen Lächeln öffnete ich die Nachricht.

Bleib nicht zu lange. Du hast einen anstrengenden Tag vor dir. Aber zum Glück weiß ich, dass ich mich auf dich verlassen kann.

Mein Lächeln verrutschte, und daran konnte auch der rotwangige Smiley am Ende der Zeilen nichts ändern.

„Mit wem simst du denn jetzt?", hörte ich Roselyn fragen. Mein Kopf flog hoch.

„Oh … Hughie. Er will, dass ich mich heute Abend mal so richtig amüsiere. Ist schließlich schon ein bisschen länger her, dass ich das letzte Mal ohne ihn aus war."

„*Que lindo*!", schaltete sich Lupita ein. „Leider ist das nicht möglich, wenn er dich den ganzen Abend in Beschlag nimmt."

Ich wollte gerade beginnen, eine Antwort zu tippen, als mir das Handy aus der Hand gerissen wurde. Erschrocken schaute ich auf, da hatte es Lupita auch schon in ihrer Handtasche verschwinden lassen. Sie lächelte mich entschuldigend an. „Nicht böse sein, *chiquita*, aber es ist meine Pflicht als deine Brautjungfer, dafür zu sorgen, dass du diese Nacht ungestört genießen kannst."

Bevor ich in der Lage war, zu protestieren, hatte sie mich bereits an der Hand genommen und durch den langen Flur in den Clubraum gezogen. Beim Eintreten strahlten uns unzählige winzige Lämpchen entgegen und ließen die dunklen Wände wie einen Sternenhimmel erstrahlen. Ich schaffte es jedoch nicht, mich auf das funkelnde Ambiente zu konzentrieren. In mir nagte die Sorge, was Hughie wohl denken mochte, wenn ich ihm nicht zurückschrieb. Und gleichzeitig ärgerte ich mich, dass ich mir darüber den Kopf zerbrach. Niemals hätte ich es vor Roselyn und den anderen zugegeben, aber es stimmte: Mein Verlobter hatte sich in den letzten Monaten verändert. Früher war er liebevoller gewesen, weniger reizbar. Er hatte nicht ständig versucht, seinen Willen durchzusetzen und mich zu kontrollieren.

Vermutlich lag sein Verhalten am Stress in der Firma und den Auseinandersetzungen mit seinem dominanten Vater. Ernie Hamilton fiel es nämlich schwer, seinem Sohn das Ruder des von ihm aufgebauten Imperiums zu übergeben. Ununterbrochen äußerte er Zweifel an Hughies Entscheidungen, nicht selten legte er sein Veto ein. Und obwohl ich durchaus Verständnis für Hughies schwierige Situation aufbrachte, wünschte ich mir den schlaksigen, immer gut gelaunten Jungen zurück, in den ich mich in meinem letzten High-School-Jahr verliebt hatte.

2. Kapitel

„Die erste Runde Cocktails geht auf mich!“, schrie meine Kollegin Jennifer, als Lupita, Roselyn und ich uns endlich zu der halbkreisförmigen Bar vorgekämpft hatten.

„Und ich bezahle die nächste!“, verkündete Roselyn in der gleichen Lautstärke. „*Vamos*, Jenny. Bestell alles auf einmal, damit wir in Schwung kommen, bevor die Show beginnt.“

Die Musik war so ohrenbetäubend laut, dass man sein eigenes Wort kaum verstand. Und obwohl der Club wohltemperiert war, klebten meine langen Haare an meinen Schultern. Ich fasste sie zu einem Knoten im Nacken zusammen. Die brünette Frau, die auf dem Barhocker neben mir saß, starrte mich unverhohlen von der Seite an. Hatten ihre Eltern ihr nicht beigebracht, dass es unhöflich war, zu gaffen?

Ich verschränkte die Arme vor der Brust und schaute ihr direkt ins Gesicht. Doch anstatt beschämt den Kopf wegzudrehen, weil ich sie beim Starren erwischt hatte, erwiderte sie ungerührt meinen Blick. Überrascht hob ich die Augenbrauen, denn ich hatte sie schon einmal gesehen. Sie war mit dem Kerl mit den muskulösen Oberarmen und dem schüchternen Lächeln zusammen, der mir vor dem Paradise Lost aufgefallen war.

Doch ich kam nicht dazu, mir weitere Gedanken über das Pärchen zu machen. Ein attraktiver dunkelhaariger Mann in einem weißen Hemd betrat die

Bühne. Zumindest vermutete ich, dass er gutaussehend war, denn richtig scharf sah ich ohne Brille kaum zehn Meter weit. Der Geräuschpegel im Saal schwoll auf jeden Fall merklich an.

Auch Lupita war entzückt. „Wohoo! Das fängt ja gut an. Ob dieser *quapito* nachher ebenfalls die Hüllen fallen lässt?", brüllte sie mir von hinten ins Ohr, und ich musste schmunzeln. Meine Freundin hatte eine Schwäche für richtige Männer, und somit war es klar, dass ihr dieses reifere Exemplar weitaus mehr zusagte als seine im Schnitt zwanzig Jahre jüngeren Diamond Guys, die wir auf den Fotos im Eingangsbereich bereits hatten bewundern dürfen.

„Nie im Leben! Das ist bestimmt der Besitzer des Clubs. Oder der Manager." Jenny, der es endlich gelungen war, die Aufmerksamkeit von einem der Barkeeper zu erringen, reichte uns die Cocktails.

„Den ersten trinken wir gleich, den zweiten nehmen wir mit", kommandierte Roselyn. „Lupita und ich haben Plätze direkt vor der Bühne reserviert."

„Wir könnten doch auch an der Bar bleiben." Ein paar Meter abseits des Geschehens fühlte ich mich eigentlich ganz wohl.

„*Definamente no.*"

„Warum nicht?"

Roselyn rollte mit den Augen. „Du stellst Fragen. Weil man die Guys auch anfassen darf."

„Und das hast du vor?" Bei dem Gedanken, einen verschwitzten Männerpo im String-Tanga zu berühren, trieb es mir die Schamesröte ins Gesicht.

„*Claro*", antwortete die Latina, ohne mit der Wimper zu zucken. „Und du solltest es ebenfalls tun. Das ist wahrscheinlich deine letzte Chance, mal einen anderen Kerl als deinen Hughie in die Finger zu kriegen." Sie nahm den Strohhalm aus ihrem Getränk und kippte es in einem einzigen Zug herunter. „*Vamos*!" Den zweiten Cocktail hielt sie hoch in die Luft und bahnte sich mit den anderen Mädels ihren Weg in Richtung Bühne.

Ich folgte ihnen verstimmt. Natürlich hatte ich nicht vor, meinen Verlobten zu hintergehen, doch was den Spaßfaktor in meinem Leben betraf, musste ich Roselyn leider recht geben: Hinter mir lagen zu viele Stunden in der Kanzlei, zu viele steife Abendessen mit Hughie, seinem Vater und deren Geschäfts-, Tennis- oder Golfpartnern nebst gelangweilten Gattinnen. Entschlossen stürzte ich gleich beide Cocktails hinunter und sah mich nach meinen Freundinnen um, die bereits Platz genommen hatten.

Der smarte Clubbesitzer führte das Mikrofon zum Mund, und unverzüglich legte sich der Orkan. An seine Stelle trat atemlose Stille.

„Ein heißes Willkommen im Diamond Club, Ladiiiiiies ... die Gentlemen werden von uns gestellt." Gelächter und Pfiffe erschollen, ein paar der Frauen klatschten. „Ich bin Mr. D, und ich garantiere euch einen Abend, von dem ihr euren Enkeln bestimmt niemals erzählen werdet." Er wackelte anzüglich mit den Augenbrauen, und ich hörte, wie der jungen Frau neben mir ein entzückter Seufzer entfuhr. „Ich fordere euch nicht dazu auf, euch zurückzulehnen und zu genießen. Denn dazu werdet ihr nicht kommen. Auf dieser Bühne verwandeln Cops gute Mädchen in böse, Feuerwehrmänner entfachen einen Großbrand, und Sanitäter bringen euer Blut zum Kochen. *Girls just wanna have fun* ist für meine Jungs und mich nicht nur eine müde Songzeile, sondern eine Lebensaufgabe."

Bei diesen Worten spürte ich, wie ein Lachreiz in mir aufstieg. Ging es noch reißerischer? Da außer mir aber niemand sonst etwas Komisches an der Rede des Clubbesitzers zu finden schien, räusperte ich mich schnell und bemühte mich um einen andächtigen Gesichtsausdruck.

„Und hier kommen sie." Mr. D machte eine dramatische Handbewegung in Richtung des glitzernden Vorhangs. „Die legendären Diamond Guys von Miami Beeeeeeeeeeeeeach."

Das klang zwar sehr verheißungsvoll, doch momentan konnte ich den Jungs keine große Beachtung schenken, zu sehr war ich damit beschäftigt, mich durch die nun wild kreischenden und mit den Armen rudernden Damen zu kämpfen. Unter vollem Körpereinsatz quetschte ich mich weiter nach vorn. Dabei kam mein lächerlicher Brautschleier ins Rutschen, und für einen Moment dachte ich darüber nach, mich ihm unauffällig zu entledigen. Ich könnte behaupten, ihn im Getümmel verloren zu haben. Oder, dass ihn mir jemand geklaut hatte. Bei dem Gedanken musste ich kichern. Roselyn würde mir diese Geschichte niemals abkaufen. Außerdem war es im Grunde genommen egal, wie albern ich herumlief. Es waren ja sowieso nur Frauen im Club. Zumindest, wenn man von seinem Besitzer absah, den zwei Barmännern, dem DJ und den paar Strippern, die sich zu den Klängen des Cocker-Klassikers *You can leave your hat on* auf der Bühne platzierten. Außer den Helmen auf ihren Köpfen konnte ich bedauerlicherweise kaum etwas von ihnen erkennen. Dazu waren sie zu weit weg. Im Gehen kramte ich in meiner Clutch nach meiner Brille, schob sie mir auf die Nase und riss überrascht die Augen auf. Denn der süße Typ vom Ocean Drive stand nur wenige Meter von mir entfernt und, wenn mich nicht alles täuschte, war sein Blick direkt auf mich gerichtet.

Schnell ließ ich mich auf den letzten freien Stuhl plumpsen.

„*Mira*!", rief Lupita mir zu und zeigte mit dem Finger schamlos auf einen Stripper, dessen Schultern großflächige Tätowierungen zierten. „Der *chico*, das ist Rosys Feuerwehrmann."

Interessiert musterte ich Roselyns Schwarm nebst seinen acht Kollegen, die sich gerade ihrer orangefarbenen Weste entledigten. Einer von ihnen war zart und feingliedrig und bewegte sich mit der Anmut eines Balletttänzers. Neben ihm stand ein Koloss mit stechendem Blick und riesigen Muskelbergen. Wieder ein anderer hatte die arrogant-lässige Ausstrahlung von jemandem, der wusste, wie gut er bei den Frauen ankam.

Aber richtig interessiert war ich nur an einem. Und der hatte dunkelblonde verstrubbelte Haare, blaue Augen, einen sonnengebräunten Teint und wirkte momentan alles andere als schüchtern und zurückhaltend.

Fasziniert beobachtete ich das Muskelspiel seines durchtrainierten Oberkörpers, als er die Weste mit einer Hand wie ein Lasso über dem Kopf kreisen ließ, um sie dann ebenso wie seine Kollegen weit von sich zu schleudern. Im Publikum schrien mehrere Frauen entzückt auf. Vermutlich war es ihnen gelungen, ein solches Kleidungsstück zu ergattern, doch ich konnte meine Augen nicht von dem blonden Stripper abwenden. Genüsslich schälte er sich aus seiner Hose, um kurz darauf nur noch mit einem String bekleidet auf der Bühne zu stehen. Seine Daumen verhakten sich in diesem letzten Stückchen Stoff und schoben es provozierend langsam nach unten. Mir wurde heiß. Vor Scham natürlich – und ein bisschen ehrlich gesagt auch vor Erregung. Mein Gott, wo war ich hier nur reingeraten! Konnte der Kerl nicht wenigstens damit aufhören, seine Hüfte so aufreizend zu bewegen? Aber es beruhigte mich, dass ich ganz offensichtlich nicht die einzig Anwesende war, die sich von dem Geschehen auf der Bühne angesprochen fühlte.

„Umdrehen!", brüllte eine Walküre mit aufgetürmten roten Locken, grellgrünem Lidschatten und paillettenbesetztem Kleid, bei der ich mir nicht sicher war, ob es sich bei ihr auch wirklich um eine Frau und nicht um eine Dragqueen handelte. Wie eine Demonstrantin schwang sie die geballte Faust zur Decke, und die Jungs auf der Bühne zeigten sich gehorsam. Doch kurz, bevor sie den Zuschauerinnen den Gefallen taten und sich ihnen gänzlich unverhüllt darboten, wurde es für eine Sekunde dunkel im Raum. Und als die Lichter wieder aufflammten, hielten alle neun den Bauarbeiterhelm vor ihr bestes Stück. Ein kollektives Seufzen war zu hören, und selbst ich war hin- und hergerissen zwischen Erleichterung und leisem Bedauern. Auch wenn ich es nicht gerne zugab, das Geschehen auf der Bühne hatte mich in seinen Bann geschlagen. Ein tätowierter Stripper war zu Beginn seines Acts als Roboter verkleidet, ein paar Jungs tanzten in schwarzen Anzügen zu *I feel good* und der riesige, muskelbepackte Hüne riss sich die Felle eines Wikingerkostüms vom Leib.

Am Ende seiner Nummer brach die Musik abrupt ab, und der Scheinwerferspot wurde auf einen Mann im weißen Kittel gerichtet, der mit einer Ledertasche in der Hand den Clubraum betrat. Mit seiner perfekt gebräunten Haut und der tief in die Stirn fallenden Schmachtlocke sah er aus wie eine lebendige Ken-Puppe.

„Braucht jemand einen Arzt?“, fragte er laut, und alle Köpfe wandten sich in seine Richtung. „Ich habe gehört, dass es im Club einen Notfall gibt.“

Für einen Moment ertappte ich mich dabei, wie ich mich beunruhigt umsah. Doch dann realisierte ich nackte Beine, die unter dem Kittel des vermeintlichen Arztes herausschauten.

Er beugte sich zu einer älteren Dame hinunter, zwischen deren gewaltigen Brüsten ein goldenes

Amulett ruhte. „Sind Sie es, die ärztliche Hilfe benötigt?"

Abwehrend hob sie die Hände und im Raum machte sich Gelächter breit. Der Arzt setzte seinen Weg in Richtung Bühne fort und steuerte eine Gruppe Frauen an, deren gelbe Shirts sie als Bridgeclub Jacksonville vorstellten. „Und bei Ihnen? Sie sehen blass aus? Auch alles in Ordnung?", erkundigte er sich bei einer resolut aussehenden Frau mit kurzem roten Haarschnitt.

„Mir ging es nie besser, junger Mann", dröhnte sie mit strenger Miene, und der Stripper schien tatsächlich ein wenig eingeschüchtert.

„Das ist seltsam! Mir wurde gerade über Funk mitgeteilt, dass sich eine der anwesenden Ladies nicht wohl fühlt und dringend ärztliche Hilfe benötigt." Er sah sich im Publikum um und sein Blick blieb an Roselyn hängen. Ich kicherte, aber nur kurz, denn Roselyn riss hektisch meine Hand nach oben.

„*Aquí*", schrie sie. „Kommen Sie schnell! Meiner Freundin geht es nicht gut. Dabei möchte sie in zwei Wochen heiraten."

Geschockt entzog ich ihr meinen Arm und nahm ihn eilig nach unten, doch zu spät.

„Lassen Sie mich durch." Der vermeintliche Arzt drängte sich geschäftig durch die Menge und eilte auf mich zu. „Bin schon zur Stelle. Bleiben Sie ganz ruhig. Gleich wird Ihnen geholfen." Er öffnete seine Tasche und holte ein riesiges Stethoskop heraus. „Machen Sie Ihren Oberkörper frei?"

Wie bitte? Das konnte doch unmöglich sein Ernst sein! Entsetzt starrte ich den falschen Arzt an.

„Mein Gott! Die Patientin reagiert nicht. Hier ist wirklich Eile erforderlich. Hoffentlich hat sie überhaupt noch einen Herzschlag." Theatralisch hielt der Stripper das Stethoskop in die Höhe und ließ es umständlich im Ausschnitt meines Kleides verschwinden. Wie peinlich! Wie unglaublich peinlich! Ich spürte förmlich, wie der Blick jeder einzelnen Person im Club auf mich gerichtet war. Wie konnte mir Roselyn das nur antun? Nie wieder würde ich ein Wort mit ihr reden. Der Stripper kippte mich nach vorne und hielt das Stethoskop nun auf meinen Rücken. Ich ließ ihn gewähren. Vielleicht würde er gnädig mit mir sein, wenn ich mich kooperativ verhielt. Doch weit gefehlt! Denn mit ernstem Gesichtsausdruck richtete er sich auf. „Das hört sich gar nicht gut an. Die Lady muss dringend in ein Krankenhaus. Hier kann nur noch eine große Dosis Testosteron helfen." Er zwinkerte ins Publikum, und seine Hüfte zuckte ein paar Male obszön vor und zurück.

„Nein!", entfuhr es mir. Aber mein Widerspruch wurde von laut einsetzender Musik verschluckt. Van Halen. *Get me to a Doctor*. Im nächsten Augenblick sah ich zwei junge Männer auf mich zukommen. Abgesehen von winzigen weißen String-Tangas mit einem roten Kreuz darauf waren sie nackt. Wie eine Puppe hoben sie mich hoch und legten mich auf eine Trage. Resigniert schloss ich die Augen und öffnete sie erst wieder, als die beiden Stripper stoppten, mich zu Boden sinken ließen und ich fremde Haut an meiner spürte, mir der Geruch von Rasierwasser in die Nase stieg.

Fassungslos blickte ich in das Gesicht des Strippers, der sich mittlerweile seines Kittels entledigt hatte und im lilafarbenen Panty über mir kniete. In der Hand hielt er eine Dose mit Sprühsahne und spritzte sich damit auf seine haarlose Brust.

Roselyn hatte recht. Mir ging es wirklich gar nicht gut.

3. Kapitel

Mit lasziven Bewegungen verteilte Ken die Sahne auf seiner Haut und ließ sein Becken zum Rhythmus der Musik kreisen. Vielleicht würde es die Tortur schneller zu einem Ende bringen, wenn ich ihm beim Einmassieren half. Ich hob meinen Oberkörper an, legte meine Hände auf seine Brust und begann energisch, die Sahne darauf zu verreiben, doch der gemeine Pseudo-Arzt ergriff mit einem nachsichtigen Kopfschütteln meine Handgelenke und drückte sie wieder nach unten.

„Du kannst deine Medizin wohl gar nicht erwarten", sagte er fröhlich grinsend und schob seine Brust so dicht vor mein Gesicht, dass meine Nase einen Streifen in die Creme zeichnete.

Mir wurde schlecht. Wollte er allen Ernstes, dass ich ihm das Zeug von der Brust leckte? Das würde ich auf gar keinen Fall tun! Ich lief doch nicht seit Monaten täglich sechs Meilen, absolvierte ein straffes Yoga-Workout und nahm nur fingerhutgroße Mengen an Lebensmitteln zu mir, um in die enge Wursthülle von Brautkleid zu passen, die Hughies Mutter Victoria mir aufgedrängt hatte, damit ein Stripper mir all diese Quälereien innerhalb eines einzigen Abends zunichtemachte. Probeweise versuchte ich meine Handgelenke anzuheben, um ihn von mir herunterzuschieben, doch Kens Finger umschlossen sie wie stählerne Manschetten. Und mittlerweile steckte nicht mehr nur meine Nase in dem Zeug, sondern mein ganzes Gesicht. Ob man an Sahne ersticken konnte? Für einen Augenblick war ich geneigt, mein Knie nach oben schnellen zu lassen, um es in Kens Weichteile zu rammen, aber mein juristisches Wissen um die möglichen Folgen dieser Körperverletzung hielt mich zurück. Resigniert ließ ich meine Zungenspitze aus dem Mund gleiten, um mich dem Unvermeidlichen doch noch zu fügen, als der rockige Beat von Van Halen auf einmal den chilligen Klängen von Michael Bublés *Me and Mrs. Jones* wich, und ich überrascht aufhorchte. Auch Ken stoppte seine schlängelnden Bewegungen und verharrte. Sekundenlang. Dann sprang er jäh von mir herunter, wischte mir mit dem Tuch, das er über meinem Kleid ausgebreitet hatte, das Gesicht sauber und zerrte mich nach oben.

„Sie ist geheilt!", verkündete der Stripper ekstatisch. „Einen großen Applaus für die reizende ...", er sah mich fragend, aber ich war nicht dazu in der Lage zu antworten, „... Elisabeth! *Dr. Feelgood* sagt *Danke, Ladies!* Und nun Bühne frei für *The Gentleman.*" Er zeigte auf einen Mann in dunklen Jeans und weißem Hemd, der eine rote Rose in der Hand hielt. Ich blickte in das angespannte Gesicht des Strippers mit den braunen Augen und dem warmen Lächeln. Was für ein entsetzlicher Tag! Blieb mir denn heute überhaupt nichts erspart?

Kraftlos ließ ich mich von *Dr. Feelgood* – dessen Name definitiv nicht Programm war! – zum Platz führen. Jedoch nicht, ohne zu bemerken, wie dieser seinem Kollegen einen verwirrten Blick zuwarf.

„*Siento mucho*, Sarah." Für ihr Verhältnis schaute Roselyn ungewohnt schuldbewusst drein. „Das tut mir wirklich leid."

„Mit dir rede ich nicht mehr." Ich sank ermattet auf meinen Stuhl.

Roselyn ließ nicht locker. „Wenn ich gewusst hätte, was der Kerl mit dir vorhat, hätte ich ihn doch nie zu uns gerufen. Das darfst du mir glauben. Wobei du mir im Grunde genommen sogar dankbar sein müsstest: Dein Auftritt kam im Publikum wirklich gut an."

„*Es cierto*. Du hast unheimlich professionell gewirkt." Lupita zwinkerte mir zu.

„Mit dir rede ich auch nicht mehr." Mit immer noch zittriger Hand kippte ich den Rest meines Champagners hinunter.

Lupitas Augen wurden groß. „Aber warum? Ich habe doch gar nichts getan."

„Genau deswegen. Du bist meine erste Brautjungfer. Du hättest zumindest versuchen müssen, mich vor dieser unaussprechlich großen Peinlichkeit zu retten." Ich fächelte mir mit der Getränkekarte Luft zu. Wenn überhaupt möglich, dann war mir nach meinem unfreiwilligen Besuch im „Krankenhaus" sogar noch heißer als vorher und ich war dermaßen durchgeschwitzt, dass ich problemlos bei einem Wet-Shirt-Contest hätte mitmachen können.

„Aber das Ganze ist doch schon längst wieder vergessen." Lupita strich mir beruhigend über den Arm. „Glaub mir, am Ende des Abends kann sich niemand im Club mehr an deinen Part in der Show erinnern. Dazu hast du zu viel Konkurrenz. *Mira*! Der Typ auf der Bühne, der ist so süß, wie könnte da irgendjemand noch an dich denken."

„Ist er das?" Verstohlen warf ich einen Blick nach vorn, wo der Stripper, der von dieser schrecklichen männlichen Barbiepuppe als *Gentleman* angekündigt worden war, gerade eine Frau von Anfang vierzig zu sich nach oben geholt hatte. Er setzte sie auf einen Hocker, schmiegte sich eng an sie, strich ihr über Haar und Wange und schaffte es sogar noch, sich währenddessen auszuziehen, ohne auch nur ein einziges Mal die Rose abzulegen. Und obwohl mir nach meinem eigenen unfreiwilligen Show-Act nun wirklich nicht danach zumute war, schon wieder im Mittelpunkt zu stehen, ertappte ich mich dabei, dass ich die Frau um diese liebevollen Zuwendungen beneidete. Typisch, dass ich nicht ihn, sondern diesen furchtbaren Arzt abbekommen hatte!

Am Ende der Nummer überreichte der fast völlig entkleidete *Gentleman* der Frau die Blume und brachte sie galant zu ihrem Platz zurück, nicht ohne auf seinem Weg durch das Publikum von den jubelnden Damen unzählige Dollarnoten in den String gesteckt zu bekommen, für die er sich jedes Mal mit einem herzlichen Lächeln bedankte. Keine Frage! Dieser Kerl war Profi! Was für eine glückliche Fügung des Schicksals, dass er ausgerechnet heute zu früh aufgetreten war!

Kaum hatte *The Gentleman* die Bühne verlassen, ging es mit Roselyns Feuerwehrmann weiter. Er schlenderte mit einem Schlauch in der Hand durch die Reihen und schwenkte diesen aufreizend zwischen seinen Beinen hin und her. Als er an unserem Tisch vorbeikam, schmiegte sich Roselyn an ihn, steckte ihm einen Geldschein zu und tuschelte ihm etwas ins Ohr, was er mit einem breiten Grinsen und einem ebenso vertraulichen Flüstern kommentierte.

Nachdem sich der Feuerwehrmann von ihr gelöst und seinen Gang zur Bühne fortsetzt hatte, wo er sich zu Bruce Springsteens *Fire* von einer der Jacksonville-Bridge-Frauen die Uniform ausziehen ließ, beugte sich Roselyn nach vorne. „Habt ihr nach der Show schon etwas vor, Ladies?"

„*Qué pasa*?", wollte Lupita wissen.

„Ich habe gerade eine Party klargemacht. Matt und ein paar der Jungs fahren nachher noch nach Golden Beach raus."

„Matt?", fragte ihre Freundin Cara mit gerunzelter Stirn.

„Der Feuerwehrmann."

„Nein! Dann heißt das, die anderen Jungs sind …" Cara sah aus, als ob sie gleich hyperventilieren würde.

„*Exacto*. Wir verbringen den Rest der Nacht mit ein paar echten Schmuckstücken." Roselyns Gesicht nahm seinen üblichen selbstzufriedenen Ausdruck an. „Ein Produzent feiert den Abschluss eines Musikvideos, in dem ein paar der Jungs mitgetanzt haben. Und wir sind als Begleiterinnen engagiert. Na, was sagt ihr?" Sie sah uns erwartungsvoll an, und sogar Lupita, die deutlich ruhiger als ihre Schwester war, zeigte sich begeistert.

„Was ist mir dir? Lust auf *fiesta*?“, fragte sie mich, während die anderen Mädels darüber philosophierten, zu welchem der Diamond Guys sie am liebsten ins Auto steigen würden. „Oder redest du immer noch nicht mit mir?“

„Ganz allmählich merke ich, dass ich über dieses traumatische Erlebnis hinwegkomme.“ Angesichts der heißen Show, die die Jungs auf der Bühne boten, schien mein eigener Auftritt tatsächlich lange nicht so nachhaltig zu sein, wie ich befürchtet hatte.

„Das heißt, du kommst mit?“

Ich schüttelte den Kopf. „Ich muss doch morgen Vormittag arbeiten. Und mittags sind Dad und ich mit Hughie und seinen Eltern zum Essen verabredet, um die letzten Details der Hochzeit zu besprechen.“

„Dann begleite ich dich natürlich.“ Anscheinend hatte Lupita immer noch ein schlechtes Gewissen, weil sie mir vorhin nicht beigestanden hatte.

„Nein“, wehrte ich ab. „Golden Beach, Musikproduzent, sexy Jungs, das kannst du dir unmöglich entgehen lassen.“

„Als ob sich einer von denen für mich interessieren würde.“ Lupita blickte bekümmert an sich herunter.

„Du bist wunderschön, und nicht jeder Kerl steht auf Knochen.“ Ich lächelte meiner besten Freundin aufmunternd zu. Seit sie ihren Freund Mike mit gleich zwei Frauen nackt im Whirlpool erwischt hatte und deswegen wieder zu ihren Eltern gezogen war, lag ihr Selbstbewusstsein ziemlich am Boden. Sie konnte ein wenig Zerstreuung gut gebrauchen.

***

„*Esa no está bien*. Ich habe ein ganz schlechtes Gefühl dabei, dich allein nach Hause fahren zu lassen", sagte Lupita, als wir zwei Stunden später vor dem leeren Club standen.

Meine Freundinnen und ich hatten ihn zusammen mit den Jacksonville-Bridge-Frauen als Letzte verlassen.

„Lupita!" Ich sah sie belustigt an. „Deine mütterliche Ader ist ja sehr süß, aber ich bin doch nicht mehr vierzehn. Außerdem bin ich nicht allein. Du vergisst den Taxifahrer."

„Warum übernachtest du nicht bei Hugh?"

„Dafür ist es zu spät. Um diese Zeit kann ich ihn nicht mehr aus dem Bett klingeln."

„*Qué bárbaro*. Ich verstehe nicht, warum du nicht schon längst den Zugangscode für sein Apartment bekommen hast. Ihr seid seit der High-School zusammen."

Das hatte ich mich auch schon öfter gefragt, aber Hughie hatte mir bisher noch keinen angeboten und um ihn darum zu bitten, war ich zu stolz.

„Wir haben es einfach noch nicht für nötig gehalten. Nach den Flitterwochen ziehe ich sowieso bei ihm ein", erklärte ich ausweichend. „Und jetzt sieh zu, dass du zu den anderen kommst. Sonst fahren sie ohne dich ab."

„*Bueno*. Ich rufe dich morgen an und erzähl dir, wie es war. – Ach ja! Fast hätte ich es vergessen."

Meine Freundin öffnete ihre Handtasche und nahm mein Handy heraus. „Nachdem du den ganzen Abend so brav warst, bekommst du es natürlich wieder zurück." Mit einem spöttischen Funkeln in den Augen überreichte sie es mir. Dann drückte sie mich noch einmal an sich und lief zu dem schwarzen Sportwagen, der vor dem Club parkte und in dem Roselyn bereits Platz genommen hatte.

Ich zog mir erleichtert den Schleier aus den Haaren und entsperrte mein Handy, um die Nummer des Taxidienstes zu wählen, als eine unscheinbare Eisentür auf der Rückseite des Clubs geöffnet wurde. Der blonde Stripper und Mr. D traten heraus.

„Kann ich mich darauf verlassen, dass deine heutigen Eskapaden eine Ausnahme bleiben, Fynn?", fragte Letzterer scharf und zog eine Packung Zigaretten aus der Hosentasche.

Der junge Mann nickte zerknirscht, und obwohl er seinen Boss um einen halben Kopf überragte, kam er mir bei dieser Geste wie ein kleiner Junge vor.

„Und ersetz Troy den Verlust seiner Einnahmen."

„Längst passiert, Boss. Es wird bestimmt nicht mehr vorkommen."

„Du bist ein guter Junge." Der Besitzer des Clubs schlug seinem Diamond Guy, von dem ich nun wusste, dass er Fynn hieß, noch einmal auf die Schulter und stieg in einen silberfarbenen BMW ein.

Erst nachdem der Wagen vom Parkplatz gefahren und um die nächste Ecke gebogen war, hob Fynn seinen Kopf wieder. Sein Blick fiel auf mich.

„Hey", sagte er überrascht.

„Hey."

„Hattest du keine Lust mit deinen Freundinnen auf die Party zu fahren?" Er zeigte auf Lupita, die mir noch eine Kusshand zuwarf, bevor der Sportwagen gefolgt von zwei weiteren Autos davonbrauste.

Ich schüttelte den Kopf. „Und du?"

„War nicht so mein Abend heute. Ist besser, ihn nicht unnötig in die Länge zu ziehen."

„Hast du Ärger mit deinem Boss bekommen, weil du deinem Kollegen den Abschluss seiner Nummer verdorben hast?"

Er antwortete nicht, sondern betrachtete intensiv die weißen Spitzen seiner Chucks.

„Das tut mir leid für dich." Ich trat einen Schritt näher an ihn heran. „Aber mir hast du damit einen riesigen Gefallen getan."

Fynn hob den Kopf, und sein rechter Mundwinkel wanderte nach oben. „Kein Fan von Schlagsahne?"

„Nur auf Eis und Kuchen."

Er lächelte mich an, und ich fragte mich unwillkürlich, ob er seinen Auftritt absichtlich ein wenig vorgezogen hatte, um mich vor seinem Kollegen zu retten. Ein Gedanke, der ein ganz warmes Gefühl in mir auslöste.

„Junggesellinnen-Party?" Er zeigte auf den Schleier in meiner Hand.

„Ja." Am liebsten hätte ich das dumme Ding in den nächsten Müllcontainer befördert.

„Du heiratest Hamilton junior." Das war eine Feststellung und keine Frage.

„Woher weißt du das?"

„Ich habe euch heute Abend auf dem Weg zum Club zusammen gesehen."

Ich war ihm also aufgefallen!

„Pinkfarbene Cadillacs gibt es selbst in Miami nicht besonders viele."

Oder Ernies Auto.

Fynn zeigte auf mein Handy. „Wolltest du dir gerade ein Taxi rufen?"

„Ja. Aber ich denke, ich werde vor zum Ocean Drive laufen und schauen, dass ich dort eins erwische. Ist ja nicht weit von hier." Schnell stopfte ich das Gerät in meine Clutch und verschränkte die Arme fest vor der Brust. Ich wollte nicht, dass Fynn durch meine zitternden Hände bemerkte, dass mich seine Anwesenheit auf dem Parkplatz alles andere als kalt ließ.

„Ich bringe dich hin. Ich muss sowieso in die Richtung, und es ist besser, um diese Zeit nicht mehr alleine herumzulaufen."

Mein Herz schlug einen kleinen Purzelbaum. Trotzdem blieb ich standhaft. „Das ist wirklich nicht nötig. Du hast bis jetzt … gearbeitet. Bestimmt möchtest du so schnell wie möglich nach Hause."

„Ich wohne am Lummus Park. Es wäre kein Umweg. Also …"

Ich sah, dass sich sein Brustkorb unter dem engen Shirt hob und senkte, und beim Blick in seine braunen Augen bekam ich ganz weiche Knie. Ich sollte das nicht tun. Ich sollte das auf gar keinen Fall tun. Es würde Ärger geben, wenn Hughie davon erfuhr. Aber wie sollte er das? Jetzt um diese Zeit lag er bestimmt schon längst in seinem Bett. In seinem Bett, das in einem Apartment stand, für das ich auch kurz vor unserer Hochzeit noch keinen Zugangscode bekommen hatte. Außerdem hatte ich auf einmal gehörig die Nase voll von der braven Sarah, die sich immer nur an die Regeln hielt. Entschlossen zog ich den Haargummi aus dem Dutt und steckte die Brille in ihr Etui. „In dem Fall nehme ich dein Angebot gerne an. Ich heiße übrigens Sarah."

„Ich dachte, Elisabeth", sagte Fynn belustigt.

„Ähm, nein." Verlegen wand ich mich unter seinem Blick. „Mein Aufenthalt im Krankenhaus und die … Medizin haben sich ungünstig auf mein Sprachzentrum ausgewirkt."

Das Grinsen auf Fynns Gesicht wurde breiter. „Wie gut, dass ich ganz offensichtlich nicht die gleiche Wirkung auf dich habe wie *Dr. Feelgood*. Ich bin Fynn." Er streckte mir die Hand hin, und ich ergriff sie. Sein Händedruck war fest, und seine Haut fühlte sich warm und ein bisschen rau an.

„Dass ich das noch erleben darf. Unser *Gentleman* macht eine Frau klar." Eine spöttische Stimme ließ mich herumfahren.

4. Kapitel

„Keine Lust auf Party, *Viking*?“ Genervt sah Fynn den muskelbepackten Hünen an.

Der lächelte unangenehm. „Im Gegensatz zu den meisten von euch Jungs nehme ich meinen Job sehr ernst und möchte morgen früh für meinen Strandlauf und das Workout fit sein.“

„Und warum liegst du dann nicht schon längst in deinem Bett?“

„Ich möchte das Vögelchen, das du dir ausgesucht hast, gerne von Nahem betrachten.“ Sein Blick wanderte von meinem Gesicht zu meinen Brüsten und saugte sich daran fest. „Nicht schlecht. Wirklich nicht schlecht. Obwohl ich es gerne ein wenig üppiger mag.“

Was für ein Idiot! Und nicht nur ich schien dieser Meinung zu sein, denn ich sah, wie Fynn das Kinn nach vorne reckte. Er wollte doch nicht etwa eine Schlägerei anfangen, um meine Ehre zu verteidigen? Das wäre zwar sehr schmeichelhaft, aber wenn ich mir die Muskelberge des Wikingers ansah, würde er dabei garantiert den Kürzeren ziehen. Ich sagte der braven Sarah, dass sie sich verkrümeln solle, und schmiegte mich eng an Fynn. „Lass uns gehen, Darling!“, hauchte ich so lasziv, wie es mir möglich war, und versuchte den herben Duft seines Aftershaves zu ignorieren.

Fynn schaute mich verdutzt an, *The Viking* jedoch verzog keine Miene. „Oho! Die Kleine hat heute

Nacht noch etwas mit dir vor", höhnte er. „Jetzt hoffe ich nur, dass ihre Performance im Bett besser ist als auf der Bühne."

Ich schnappte nach Luft. Nicht zu fassen! Selbst zu nicht mehr in der Lage sein, als sich Felle vom Leib zu reißen und mit dem lederbestringten Hintern zu wackeln, aber einen spitzen Pfeil nach dem anderen abschießen. Auch Fynn ballte die Fäuste. Schnell nahm ich ihn an der Hand und zog ihn hinter mir her. „Schade, dass man bei der Show gesehen hat, dass deine Klappe das Größte an dir ist", rief ich Rick über meine Schulter hinweg zu und wunderte mich selbst über meine ungewohnte Schlagfertigkeit. Es musste an dem vielen Alkohol liegen, den ich über den Abend verteilt getrunken hatte. Oder an dem Adrenalin, das ich seit Fynns Auftauchen in riesigen Mengen ausschüttete.

Mein sowieso schon flatternder Puls erhöhte seine Schlagzahl noch einmal beträchtlich, zu meiner großen Überraschung jedoch blieb die erwartete Retourkutsche aus, und als ich mich verstohlen umdrehte, war der Parkplatz hinter uns leer. Schnell ließ ich Fynns Hand los, die so beunruhigend warm und fest in meiner gelegen hatte.

„Besonders genau scheinst du aber nicht hingeschaut zu haben", stellte er amüsiert fest.

„Nein. Es war auch nur so dahingesagt. Irgendein Defizit muss dieser Rick schließlich durch seine unverschämte Art kompensieren."

„In der unteren Region ist bei ihm alles in Ordnung."

„Woher weißt du das?“

„Niemand von uns hat eine eigene Umkleidekabine.“

Natürlich. Ich biss mir auf die Unterlippe. Diese Männer waren Stripper. Sie hatten kein Problem mit Nacktheit. Auch voreinander nicht. Allein bei dem Gedanken an meinen Begleiter, so wie Gott ihn erschaffen hatte, spürte ich Schweißperlen auf meinem Nacken, und ich fächelte mir mit der Hand Luft zu.

Fynn interpretierte diese Geste falsch und sah in den Himmel. „Da scheint sich heute Nacht noch ganz schön was zusammenzubrauen.“

„Ja, es ist wahnsinnig schwül“, sagte ich mit trockenem Mund.

„Lust auf eine Abkühlung?“

„Wo?“

„In meiner Wohnung. Ich habe Eiswürfel im Gefrierfach.“

„Hast du?“

Fynn grinste. „Ja. Aber eigentlich wollte ich vorschlagen, dass wir auf dem Weg zu deinem Taxi ein Stück am Strand entlang laufen.“

„Warum nicht?“ Abkühlung jeglicher Art konnte auf gar keinen Fall schaden. Denn das Wort *Eiswürfel* musste bei mir einen pawlowschen Reflex ausgelöst haben. Mit der Geschwindigkeit eines Daumenkinos spulten sich Bilder in meinem Gehirn ab, in denen Fynn und ich die Hauptrollen spielten – und auf keinem davon hatte ich mehr als einen durchsichtigen Slip an. Dabei war Sex das Letzte, worüber ich in den vergangenen Wochen nachgedacht hatte … Vielleicht würde kühles Meerwasser mein erhitztes Gemüt erfrischen und mich wieder zur Besinnung bringen.

***

Der Atlantik lag wie ein dunkles Tuch vor uns, als Fynn und ich uns wenig später die Schuhe von den Füßen streiften und ein Stück hineinliefen. Ein kreisrunder Mond erhellte die Nacht und spiegelte sich in der sanft schimmernden Wasseroberfläche.

„Kommst du aus Miami Beach?", fragte ich Fynn, nachdem ich ein paar Minuten schweigend neben ihm her gewatet war.

„Nein, aus einem Vorort von Hialeah. – Die Ecke, in der ich gelebt habe, ist ganz okay", fügte er eilig hinzu.

„Wohnt deine Familie noch dort?"

Fynn nickte. „Meine Eltern, mein Bruder Ryan und meine Schwester Laura."

Obwohl Hialeah nun wirklich nicht die allerexklusivste Wohngegend war, spürte ich einen Hauch von Neid in mir aufsteigen. Geschwister hatte ich mir immer gewünscht. Es musste schön sein, mit jemandem aufzuwachsen, dem man alles anvertrauen konnte. Natürlich hatte ich Lupita. Und Roselyn. Aber das war nicht das Gleiche.

„Versteht ihr euch gut, du und deine Geschwister?"

„Meine Schwester ist fünf Jahre jünger als ich, mein Bruder kam nur anderthalb Jahre nach ihr auf die Welt. Als sie kleiner waren, haben sie sich immer gegen mich verschworen. Interessanter wurde ich für die beiden erst, als sie feststellten, dass ein volljähriger Bruder durchaus Vorteile hat, wenn man am Wochenende abends nicht nur zu Hause herumsitzen will." Fynn grinste schief.

„Vermisst du deine Familie?"

Er schüttelte den Kopf. „Ich schaue alle zwei Wochen bei ihnen vorbei, und Ryan und Laura gehen hin und wieder in Miami Beach weg. Unser Haus ist nicht besonders groß, und wir haben uns dort ziemlich auf der Pelle gehangen."

Ich lächelte ihn an. „Wenn man dich so reden hört, könnte man meinen, dass du ein ganz normaler Typ bist." Im gleichen Moment bedauerte ich meine Worte. Fynn könnte sie falsch auffassen.

Doch er erwiderte mein Lächeln ungerührt. „Ich bin ein ganz normaler Typ."

Wir schauten uns in die Augen, und mein Herzschlag stockte einen Moment.

„Woher kommst du?", fragte Fynn. Als ich nicht gleich antwortete, fügte er augenzwinkernd hinzu: „Habe ich es jetzt endlich geschafft, dir ebenfalls die Sprache zu verschlagen?"

„Coral Gables."

Er warf mir einen schnellen Seitenblick zu. „Nette Gegend."

„Ich wünschte, du hättest nicht gefragt, denn ich weiß, was du jetzt denkst: Ich bin mit Hugh Hamilton verlobt, ich wohne in Coral Gables. Du hältst mich für eine verwöhnte Boutiquen-Blondine, die mit einem goldenen Löffel im Mund geboren wurde und deren größtes Problem es ist, am Morgen vor ihrem begehbaren Kleiderschrank zu stehen und sich zu überlegen, in welchem ihrer zehn Missoni-Bikinis sie sich gleich an den Pool legt", sagte ich schärfer als beabsichtigt.

„Nein. Warum sollte ich das?"

„Und was siehst du dann in mir?", fragte ich leise.

Unsicherheit huschte über sein Gesicht, und sofort war mir mein übertriebener Ausbruch peinlich. Was war nur mit mir los? Ich stand kurz vor der Hochzeit mit einem der begehrtesten Junggesellen von Miami, ich hatte einen Job, der mir Spaß machte, wundervolle Freunde, einen Vater, der mich vergötterte, doch jetzt, wo das Prickeln des Champagners in meinem Blut nachließ, kam Katerstimmung in mir auf, und ich fühlte mich ausgelaugt und leer.

„Entschuldige. Vermutlich bin ich einfach nur nervös wegen der Hochzeit."

„Wann ist es so weit?"

„In zwei Wochen. Und ich freue mich natürlich darauf, aber ..."

„Ja?"

„Im Moment habe ich das Gefühl ... als hätte ich mein Leben vorher mehr auskosten müssen. Nicht in Bezug auf andere Männer", fügte ich schnell hinzu, damit Fynn diese Aussage nicht falsch interpretierte. „Ich habe bisher so wenig verrückte Sachen gemacht. Ich war immer so furchtbar vernünftig. Dabei habe ich vor ein paar Jahren eine Liste aufgestellt. Eine Liste, mit allen Dingen, die ich unbedingt machen möchte, bevor ich dreißig werde. Aber bisher habe ich kaum einen Punkt davon abgehakt. Ich habe mich immer noch nicht dazu überwinden können, nachts im Meer zu schwimmen. Ich habe noch nie Gras geraucht. Ich bin auch noch nicht nach Vegas gekommen. Und wenn ich erst verheiratet bin, dann ist der weitere Ablauf meines Lebens vorprogrammiert: Ich werde in Hughs Apartment in Bal Harbour ziehen …"

„Ihr wohnt nicht zusammen?"

Ich schüttelte den Kopf. „Ich wohne immer noch bei meinem Dad. Es ist einfach praktischer, denn die Kanzlei, in der wir beide beschäftigt sind, liegt nur ein paar Straßen von unserem Haus entfernt."

„Was ist mit deiner Mutter?"

„Sie ist gestorben. Ein Autounfall."

„Das tut mir leid."

„Ist lange her." Ich wirbelte das Wasser mit meinen Füßen auf.

„Dein Vater hat nicht noch einmal geheiratet?"

„Es gab ein paar Tanten, aber keine davon ist geblieben. Im Laufe der Zeit bin ich in die Rolle meiner Mutter gerutscht und habe mich um ihn gekümmert. Vielleicht zu sehr. Ich hoffe, dass er sich wieder jemanden sucht, wenn ich ausziehe."

Schweigend setzten wir unseren Weg fort, begleitet vom monotonen Geräusch der Wellen, die unsere Füße umspülten, und ihr beständiges Kommen und Gehen fühlte sich merkwürdig beruhigend an.

„Du wolltest wissen, was ich in dir sehe“, unterbrach Fynn die Stille zwischen uns nach einigen Minuten.

Nun war ich es, der ihn überrascht von der Seite ansah. „Das war dumm von mir. Du musst auf diese Frage natürlich nicht antworten“, entgegnete ich peinlich berührt.

„Aber ich möchte es.“

„Und?“, fragte ich beklommen.

„Ich sehe jemand, der zu schnell erwachsen werden und der sich zu früh um zu viel kümmern musste.“

Ich schluckte gegen den Kloß in meiner Kehle an und spürte, wie sich Tränen in meinen Augenwinkeln sammelten. „Ich wollte, dass mein Vater es schön zu Hause hat. Dass es ihm an nichts fehlt. Nach dem Tod meiner Mutter war er so traurig.“

Mitgefühl flackerte in Fynns braunen Augen auf, doch er wusste ganz offensichtlich nicht, wie er mit meiner sentimentalen Stimmung umgehen sollte. Wie denn auch! Wir kannten uns schließlich nicht. Und als er mir angeboten hatte, mich zum Ocean Drive zu begleiten, hatte er bestimmt nicht damit gerechnet, dass er während dieses Spaziergangs in eine Therapeutenrolle rutschen würde.

Schluss jetzt mit dem Selbstmitleid! Ich öffnete meine Handtasche, zog eine Packung Papiertaschentücher heraus und schnäuzte mich resolut. Dann strich ich mit beiden Händen meine Haare nach hinten. „Vielen Dank, dass du mich ein Stück begleitet hast, den Rest schaffe ich allein.“ So schnell es mir möglich war, stakste ich zum Strand. Doch Fynn kam mir nach.

„Warte!"

„Warum?"

„Du kannst jetzt noch nicht gehen?" Er packte mich am Handgelenk, und das Licht des Mondes warf harte Schatten auf sein Gesicht. Unbehaglich registrierte ich, dass der Strand menschenleer war, dass der belebte Ocean Drive fast hundert Meter entfernt lag und die Stimmen der Nachtschwärmer und das Geräusch vorbeifahrender Autos nur gedämpft zu uns herüberdrangen.

„Und wieso nicht?", fragte ich unsicher.

„Wegen dem, was du gesagt hast."

Ich zog die Augenbrauen zusammen.

„Na, dass du bisher so vernünftig gewesen bist. Ich finde, du solltest etwas Verrücktes tun. Jetzt gleich. Wir sollten etwas Verrücktes tun." Das Wort *wir* betonte er dabei nachdrücklich. „Ich war nämlich bisher auch immer furchtbar vernünftig."

„Und was?" Mir fiel auf, dass er immer noch mein Handgelenk umklammert hielt, und die Wärme seiner Finger auf meiner Haut, seine Nähe, machten es mir schwer, mich zu konzentrieren.

„Hast du denn wirklich gar keine Idee?"

Ich verschluckte mich bei den Gedanken, die mir plötzlich durch den Kopf schossen, und fing an zu husten.

„Nach Vegas kann ich leider nicht mit dir fahren, denn morgen Abend muss ich arbeiten. Gras kann ich auch nicht auf die Schnelle besorgen. Aber die Sache mit dem Meer ..."

„Du willst mit mir schwimmen gehen. Jetzt?", stieß ich aus, nachdem ich wieder zu Atem gekommen war.

„Unbedingt." Er nickte.

„Ich habe keinen Bikini dabei."

„Ich habe meine Badehose bedauerlicherweise auch zu Hause gelassen. Wehe, du nutzt die Situation aus!" Fynn hob mahnend den Zeigefinger.

„Äh, also, das hatte ich nicht vor", stotterte ich. „Schließlich bin ich verlobt", fügte ich hinzu und kam mir bei dieser Aussage unglaublich spießig vor.

„Das weiß ich doch." Fynn lächelte. „Und ich verspreche dir, dass ich mich benehmen werde." Er sagte das so ernsthaft und sah so artig dabei aus, dass ich lachen musste.

Hör auf mit dem Feuer zu spielen!, ermahnte mich die brave Sarah. Ich schubste sie weg.

„Warum eigentlich nicht!", sagte ich selbstbewusster, als ich mich fühlte. „Aber du musst dich umdrehen. Ich ..." Ich schaue auch weg, wenn du dich ausziehst, wollte ich gerade sagen, doch da hatte sich mein Begleiter bereits sein Shirt abgestreift, Hose und Socken folgten. Seine eng anliegenden Shorts ließ er zum Glück an. Dann stürzte er sich mit einem lauten Platschen in die Fluten.

Ich schlüpfte aus Kleid und Strickjacke und legte sie neben Fynns ordentlich zusammengefaltete Sachen. Der leichte Wind, der die Blätter der Palmen vor den Art-Déco-Häusern des Ocean Drives zum

Rauschen brachte, richtete meine Brustwarzen unter der Spitze meines BHs zu harten Knospen auf. Auch mein winziger String offenbarte mehr als er verhüllte. Ein Blick über die Schulter zeigte mir jedoch, dass Fynn wie versprochen den Kopf abgewandt hielt und auf den Horizont hinausschaute. Wunderschön sah er aus, wie er so da stand und das Mondlicht die Kontur seines Körpers sanft beleuchtete. Wie eine griechische Statue. Bevor er sich doch nach mir umdrehte, um zu schauen, wo ich blieb, fasste ich eilig meine Locken zu einem Knoten zusammen und ließ mich ein paar Meter entfernt von ihm in das immer noch überraschend warme Wasser hineingleiten, das sich seidig an mich schmiegte und wie streichelnde Hände meine Haut umschmeichelte. Dadurch, dass ich schon seit Jahren fast jeden Abend meine Bahnen im heimischen Pool zog, war ich eine gute Schwimmerin, doch Fynn konnte mühelos mit mir mithalten. Seine kräftigen Arme zerteilten die schwarze Wasseroberfläche, und ich fragte mich, ob er wohl wusste, wie verflucht attraktiv er war. Bestimmt. Auch in seiner Wohnung würde es Spiegel geben.

Auf der anderen Seite wirkte er nicht wie jemand, der sich übermäßig Gedanken um sein Äußeres machte und der Abend für Abend eine Frau mit zu sich nach Hause nahm.

„Hast du eigentlich eine Freundin?", fragte ich ihn und ärgerte mich sofort darüber, weil mir bewusst wurde, wie seltsam das in diesem intimen Moment anmuten musste. Fynn jedoch schien sich nichts dabei zu denken.

„Zurzeit nicht."

„Liegt es an deinen ungünstigen Arbeitszeiten? In deinem Job hast du doch bestimmt die freie Auswahl."

„Es liegt eher daran, dass ich die Richtige bisher noch nicht gefunden habe", sagte er schlicht, und nun war ich doch tatsächlich ein wenig gerührt. „Außerdem dürfen wir nichts mit den weiblichen Gästen anfangen."

„Euer Boss scheint euch an der kurzen Leine zu halten."

„Mr. D ist okay. Er bezahlt pünktlich, wir haben alle eine Krankenversicherung, und er sorgt für Ordnung in der Truppe. Außerdem überlässt er uns gegen geringe Miete seine Apartments. Dort oben wohne ich mit Liam zusammen." Fynn zeigte auf ein mehrstöckiges Haus. Wassertropfen glitzerten auf seinem Oberkörper, und ich war froh, dass der Atlantik an dieser Stelle tief genug war, um mich nicht noch mehr in Verlegenheit zu bringen.

„Liam?"

„Mein bester Freund. Er ist auch in unserer Truppe. *Deputy Handsome*."

Ich erinnerte mich an die Polizisten-Nummer und an den Stripper mit den blauen Augen und dem selbstbewussten Blick. „Hat er sich diesen Namen selbst gegeben?", fragte ich belustigt und stellte mich ebenfalls hin. Im nächsten Moment schrie ich auf und griff nach meinem Fuß.

5. Kapitel

„Was ist?“ Fynns Stimme klang alarmiert. Mit wenigen Zügen war er bei mir.

„Ich bin auf etwas Spitzes draufgetreten.“

„Auf einen Seeigel?“

„Eher auf eine Glasscherbe.“ Was auch immer es war, es tat höllisch weh. Mit zusammengebissenen Zähnen schwamm ich an den Strand und wollte schon aus dem Wasser hüpfen, als mir bewusst wurde, dass ich nur einen transparenten Hauch von Nichts am Körper trug. Ich zerrte meinen Fuß über die Wasseroberfläche, um ihn zu untersuchen — vielleicht war die Verletzung ja gar nicht so schlimm, und ich konnte die paar Meter, die wir erst zurückgelegt hatten, schwimmen —, doch wie vermutet quoll Blut daraus hervor und floss in einem dünnen Rinnsal meinen Knöchel hinunter. Nur mühsam gelang es mir, ein Schluchzen zu unterdrücken. Blut hatte ich noch nie gut sehen können. Seit dem Autounfall nicht. Und sein Anblick löste stets allerlei unliebsame Bilder in mir aus, die ich sonst sorgsam in kleinen Kisten verstaut in einer der hinteren Ecken meines Gehirns verborgen hielt. Übelkeit stieg in mir auf. Da war so viel Blut gewesen. Blut und Scherben. Und das leise Wimmern meiner Mutter.

Eine Hand griff nach meinem Arm. „Ich bringe dich aus dem Wasser.“

„Aber meine Kleider ...“

„Glaubst du, ich habe noch nie eine Frau in Unterwäsche gesehen? Ich trage dich zu einer der Strandliegen und hole Verbandszeug aus der Wohnung." Er schob seinen rechten Arm unter meinen Po und hob mich hoch.

„Das … das ist doch nicht nötig. Ich kann allein gehen", stammelte ich überrascht und versuchte nicht daran zu denken, was sich gerade nur knapp zwanzig Zentimeter unterhalb meiner Hüfte befand.

„So geht es schneller." Fynn stapfte aus dem Wasser, ich schlang reflexartig die Arme um seinen Hals, und sofort wurde der stechende Schmerz an meinem Fuß von etwas anderem überdeckt. Von dem irritierenden Bewusstsein, wie nah wie wir uns waren. Wie fest sich meine Brust an seine schmiegte, wie gut sich seine kräftigen, langen Finger auf meinem Rücken und meinen Oberschenkel anfühlten. Unsere Köpfe waren nur wenige Zentimeter voneinander entfernt, Salzwasser tropfte in kleinen Perlen von den Spitzen seiner Haare über sein Gesicht, verfing sich in seinen sinnlichen Lippen. Unwillkürlich presste ich meine Beine zusammen und stöhnte leise auf.

„Es tut sehr weh", stellte Fynn mitleidig fest.

Mehr als ein stummes Nicken brachte ich nicht zustande.

Viel zu schnell hatte er die von den Strandwärtern zusammengeschobenen Liegen erreicht und mich auf eine davon sinken lassen. Ihr starrer Stoff war nach Fynns weicher Haut unangenehm kratzig. Mit klappernden Zähnen zog ich das Bein mit dem gesunden Fuß eng an meinen Oberkörper und sah ihm nach, wie er mit langen Schritten über den Strand lief, beleuchtet vom silbrig-glänzenden Licht des runden Mondes. *La bella luna,* so nannte unsere Haushälterin María den Vollmond. Und sie schwor darauf, dass er die Schuld an allerlei menschlichen Verrücktheiten trug.

***

„Zum Glück ist der Schnitt nicht tief." Vorsichtig träufelte Fynn Jod in die Wunde, und ich zuckte zusammen.

Er sah mich entschuldigend an. „Sie darf sich nicht entzünden." Dann tupfte er Heilsalbe darauf und deckte alles mit einem dünnen weißen Verband ab.

„Das wirkt sehr professionell. Schon mal darüber nachgedacht, Arzt zu werden?", scherzte ich, um das Prickeln zu verdrängen, das Fynns Finger auf meinem Fuß auslösten.

Zu meiner Verblüffung nickte er. „Das ist mein Plan."

„Im Ernst?"

„Traust du es mir nicht zu?"

„Natürlich", beeilte ich mich zu versichern. „Aber du … hast doch schon einen Job, und ich dachte nicht …"

„… dass ich mehr von meinem Leben erwarte, als mir für Geld die Kleider vom Leib zu reißen?", ergänzte er belustigt.

Ich schwieg und zog den Reißverschluss des Kapuzensweaters höher, den Fynn mir aus seinem Apartment mitgebracht hatte, damit ich nach dem Schock in meinem dünnen Kleid und der Strickjacke nicht fror. Die Unterwäsche hatte ich zu einem feuchten Haufen zusammengeknüllt dezent unter der Liege verschwinden lassen.

Zum Glück nahm mir Fynn meine Verlegenheit schnell wieder. „Auf der High-School habe ich mich nicht besonders angestrengt. Die falschen Leute, zu viele Partys. Meine Eltern hatten zu dieser Zeit keine große Freude an mir."

„Und wieso gerade Arzt? Das Medizinstudium ist hart. Es dauert sogar länger als ein Jurastudium."

„Noch bin ich jung genug dazu. Und warum ich Arzt werden will" ... Seine Stimme brach ab.

„Hey", ich stupste ihn an, „ich habe dir eine ganze Menge von mir erzählt. Jetzt bist du dran."

Fynn zögerte einen Moment, dann räusperte er sich. „Als ich acht war und in unserem Vorgarten Basketball gespielt habe, ist vor unserem Haus ein Motorradfahrer verunglückt. Er hatte zu scharf die Kurve genommen und war gegen ein Verkehrsschild geprallt. Meine Mutter rief sofort den Krankenwagen. Aber bis der kam, war der Mann bereits tot." Es fiel ihm sichtlich schwer, über dieses Erlebnis zu sprechen. „Vielleicht hätte er gerettet werden können, wenn meine Eltern oder einer der Nachbarn sich in Erster Hilfe ausgekannt hätte. Doch alle haben nur um den Mann herumgestanden und darauf gewartet, dass ein Arzt erscheint."

Vielleicht hätte meine Mutter auch gerettet werden können! Ich schluckte diesen Gedanken herunter. „Das … muss schlimm für dich gewesen sein."

Fynn nickte. „Wochenlang bin ich jede Nacht aufgewacht und habe geschrien, weil ich dieses Geräusch nicht aus den Ohren gebracht habe. Den Aufprall und das Schlittern des Motorrads über den Asphalt. Und da habe ich mir geschworen, dass ich nicht noch einmal tatenlos zusehen will, wie jemand vor meinen Augen stirbt."

Meine Kehle schnürte sich zusammen.

„Alles in Ordnung mit dir?" Fynn musterte mich besorgt.

„Ja. Ich werde mir ein Taxi rufen. Es ist schon spät."

„Ich fahre dich."

„Das … das kann ich nicht von dir verlangen. Es sind über zehn Meilen bis nach Coral Gables."

Fynn blieb hartnäckig. „Oh doch. Hätte ich dich nicht auf die Idee mit dem nächtlichen Schwimmen gebracht, müsstest du jetzt nicht mit einem Verband am Fuß herumlaufen." Ohne groß mit mir zu diskutieren, legte er den Arm um meine Taille, und mit seiner Hilfe humpelte ich über den Strand in Richtung Ocean Drive. Vor einem dunklen Ford Mustang mit cremefarbenen Ledersitzen blieb er stehen.

„Wow!", sagte ich beeindruckt. „Der sieht toll aus."

Fynn fuhr mit der Hand über den glänzenden Kotflügel. „Als ich ihn bekommen habe, war er ein einziger Schrotthaufen." Man merkte deutlich, wie sehr ihn mein Lob freute.

„Du kannst phantastisch tanzen, Wunden verarzten, Autos reparieren. Ein echtes Allround-Talent." Ich lächelte ihn an.

Fynn winkte ab. „Nach der High-School habe ich ein paar Jahre in einer Autowerkstatt gearbeitet, die auf die Restauration von Oldtimern spezialisiert war, und nach dem Dienst haben die Jungs und ich an unseren eigenen Schlitten herumgebastelt." Er öffnete die Beifahrertür und half mir einzusteigen.

Auf der Fahrt zurück sprachen wir nicht sonderlich viel. Fynn hatte seine Musikanlage aufgedreht — Eric Clapton, den ich sehr mochte. Während ich dessen dunkler, schwermütiger Stimme lauschte und der Nachtwind mit meinen Haaren spielte, zogen Häuser, Palmen und das Meer an mir vorüber. Den Blick auf Fynns Hände, die locker auf Steuerknüppel und Lenkrad lagen, vermied ich genauso wie den auf seine Lippen, und je mehr wir uns Coral Gables näherten, desto deprimierter fühlte ich mich. Gleich würden wir uns verabschieden, und ich würde ihn nie wiedersehen. Ich durfte ihn nie wiedersehen. Seine Anziehungskraft auf mich war zu groß, und ich musste den Abend das sein lassen, was er war: ein beunruhigender, aufwühlender, wunderschöner Traum. In zwei Wochen würde ich Hughie heiraten. Hughie und das gemeinsame Leben, das vor uns lag, waren Realität. Fynn nicht.

Nur drei Kreuzungen trennten uns nun noch von meinem Elternhaus, noch zwei, noch eine. „Hier wohne ich." Ich zeigte auf das weißgestrichene Tor.

Fynn stoppte den Mustang und drehte den Schlüssel im Zündschloss herum. Mit einem blubbernden Geräusch erstarb der Motor.

„Vielen Dank, dass du mich nach Hause gefahren hast. Und für das Bad im Meer." Nervös spielten meine Finger mit dem Verschluss meiner Handtasche. „Es tut mir wirklich sehr leid, dass ich dir so viele Unannehmlichkeiten bereitet habe."

„Das hast du nicht."

„Nein?"

Fynns Augen blitzten schalkhaft, und er schüttelte den Kopf. „Schließlich bekommt man nicht allzu oft die Gelegenheit einer Lady in Nöten beizustehen. Dabei helfe ich ab und zu am South Beach als Rettungsschwimmer aus."

„Hätte ich mir ja eigentlich denken können, so professionell, wie du die Situation gemeistert hast", neckte ich ihn, um meine Befangenheit zu vertreiben.

„Ein paar gab es natürlich schon. Aber alle haben Badekleidung getragen. Und nur die wenigsten waren älter als sechs." Seine Stimme klang scherzhaft, doch der intensive Blick aus seinen dunklen Augen strafte seinen unbeschwerten Tonfall Lügen.

Ich spürte, wie meine Handflächen feucht wurden. Die Atmosphäre in diesem Wagen wurde entschieden zu heiß. „Also dann. War schön, dich kennengelernt zu haben und alles Gute für deinen Studienbeginn." Ich umarmte ihn unbeholfen, auch

Fynn legte seine Hände auf meinen Rücken, und ich sog noch einmal den herben Duft seines Rasierwassers ein. Genoss es, seine Haut an meiner zu spüren, seinen warmen Atem auf meiner Schläfe, bevor ich mich endgültig von ihm trennen musste. Keiner von uns sprach ein Wort. Was taten wir nur? Diese Umarmung dauerte zu lange, viel zu lange, um noch als freundschaftlich durchzugehen.

Nur widerwillig und nach gefühlten Stunden löste ich mich von ihm. „Ich geh dann mal lieber."

„Ist wohl besser", sagte Fynn rau.

Unsere Köpfe waren nur wenige Zentimeter voneinander entfernt. Ich sah die winzigen Sommersprossen auf seiner Nase, die goldenen Punkte in seinen ansonsten samtbraunen Augen, die kleine Narbe, die die Kontur seiner Oberlippe zerschnitt. Wie es wohl wäre, sie zu küssen? Ich schloss die Augen einen Spalt und neigte ihm mein Gesicht entgegen, doch Fynn wich zurück.

„Was machst du nur mit mir?", sagte er leise.

Verwirrt sah ich ihn an.

„Du bist so wunderschön, und ich würde dich jetzt so gerne küssen." Er legte eine Hand in meinen Nacken und streichelte mit dem Daumen zart meinen Hals. „Aber du heiratest in zwei Wochen, Süße, und spätestens morgen früh würdest du es bedauern."

Mit einem Ruck befreite ich meinen Kopf aus seinem Griff. „Ich weiß nicht, wovon du sprichst", sagte ich kühl. „Vielen Dank, dass du mich nach Hause gebracht hast. Ich werde jetzt gehen." Ohne ihn noch einmal anzusehen, stieg ich aus dem Auto. Ich tippte den Code in den Toröffner und huschte durch die zurückweichenden Flügel. Erst als ich die Eingangstür fast erreicht hatte, hörte ich, wie Fynn den Mustang startete und davonpreschte.

6. Kapitel

Erschöpft fuhr ich den Computer herunter und massierte mir die Schläfen. Jennifer, mit der ich mir ein Büro in der Großkanzlei *Logan & King* teilte, reichte mir eine Kopfschmerztablette.

„Waren gestern wohl doch ein paar Cocktails zu viel", bemerkte sie mitleidig.

Ich nickte.

„Und dir geht die Sache mit Gilberto an die Nieren, nicht wahr?"

Dankbar, nicht detaillierter auf den gestrigen Abend eingehen zu müssen, nickte ich erneut und spülte die Tablette mit einem Glas Wasser hinunter.

Jenny und ich hatten uns auf Einwanderungsrecht spezialisiert, jedoch schon während des Studiums festgestellt, dass unsere hehren Ideale der Realität nicht standhielten. Flüchtlinge, die aus politischen oder wirtschaftlichen Gründen gezwungen waren, ihr Land zu verlassen, hatten nur in den wenigsten Fällen das Geld, sich einen rechtlichen Beistand leisten zu können, und bei *Logan & King* vertraten wir fast ausschließlich reiche Großindustrielle aus China oder Russland. Vor ein paar Monaten waren Jenny und ich deswegen der Flüchtlingsorganisation IRC beigetreten, um Menschen, die sich wirklich in Not befanden, dabei zu helfen, eine der begehrten Green Cards zu bekommen.

Gilberto, einem zwölfjährigen Jungen aus Guatemala, der von Grenzschützern völlig dehydriert in der Nähe der mexikanischen Grenze aufgefunden worden war, wäre die Einreise vermutlich erlaubt worden, denn sein Bruder war vor ein paar Jahren ebenfalls in die USA geflohen und dazu bereit, ihn bei sich aufzunehmen. Doch vor zwei Stunden hatte ein Mitarbeiter der Organisation angerufen und mir mitgeteilt, dass der kleine Kerl es nicht geschafft hatte. Eine Nachricht, die nicht ganz unerwartet auf mich eingeprallt war, die mir aber trotzdem ziemlich zu schaffen machte.

„Achtung!", zischte mir Jenny zu. „Dein Verlobter ist im Anmarsch."

Ich fuhr erschrocken hoch. Tatsächlich. Durch die Jalousie konnte ich sehen, wie sich Hughies hochgewachsene Gestalt unserem Büro näherte.

„Und vor was soll ich mich in acht nehmen?", fragte ich stirnrunzelnd.

„Setz dein strahlendstes Lächeln auf. Männer mögen keine deprimierten Frauen."

„Woher hast du diese Weisheit?"

„Von meiner Mom."

„Deine Eltern sind geschieden."

„Genau. Dad ist jetzt mit seiner Sekretärin zusammen. Und die ist immer gut gelaunt. Zumindest erweckt sie den Anschein." Jenny lächelte schief.

Hughie klopfte an die Tür und trat ein.

„Guten Morgen, ihr Schönheiten", begrüßte er uns, und die Wangen meiner Kollegin wurden von einem zarten Roséton überzogen.

Mit seiner blonden Föhnwelle, der vom vielen Golf- und Tennisspielen tief gebräunten Haut und dem schlanken Körper war Hughie genau ihr Typ, hatte sie mir vor einigen Monaten nach ein paar Drinks zu viel erzählt. Mit zittrigen Knien stand ich auf, um ihn zu begrüßen.

„Bist du fertig, Sarah?“ Hughie schlang die Arme um meine Taille.

„Ja. Wir können los. Und Dad müssen wir auch nicht mehr abholen. Er fühlt sich nicht wohl.“ Nur unter Aufbietung all meiner Willensstärke schaffte ich es, ihm in die Augen zu schauen.

„Willst du dich vor dem Abendessen nicht noch umziehen?“

„Wieso?“ Ich blickte an mir herunter. „Gefällt dir das pinkfarbene Kleid nicht?“

„Doch, doch. Natürlich. Aber ist es nicht ein bisschen zu kurz? Zieh dir das Kostüm an, das ich dir zum Geburtstag geschenkt habe. Es steht dir hervorragend.“

Ich wandte mich ab, damit Hughie nicht sah, wie ich die Augen verdrehte. Ein grauer Rock, der sittsam das Knie bedeckte, eine cremefarbene, ärmellose Bluse mit Schleife am Kragen. Dieses Ensemble war ideal, um vor Gericht die toughe Anwältin zu mimen und wurde dort auch gerne von mir getragen. Im Golf Club jedoch würde es einfach nur spießig aussehen. Ganz abgesehen davon, dass es außerhalb von klimatisierten Gebäuden viel zu warm war. Vor Jennifer wollte ich meinem Verlobten nicht die Blöße geben und ihm widersprechen. Aber dieses Mal würde ich Hughie und seinem fragwürdigen Kleidergeschmack definitiv nicht nachgeben.

„Du bist so still", stellte Hughie fest, nachdem wir einige Zeit gefahren waren, und die Silhouette von Miami Beach vor uns auftauchte. Wenn sich mein Verlobter darüber ärgerte, dass ich trotz seines ausdrücklichen Wunsches noch immer das pinkfarbene Kleid trug, so ließ er es sich zumindest nicht anmerken. „Hattest du Probleme im Büro?"

„Nicht direkt. Aber ich habe heute Morgen erfahren, dass Gilberto verstorben ist."

„Gilberto?"

„Ein Flüchtlingsjunge. Ich habe dir doch von ihm erzählt."

„Ach ja. Ich erinnere mich."

„Hier in den USA hätte er eine Zukunft gehabt. Ich mag mir gar nicht vorstellen, wie es seinen Eltern geht. Sie haben ihn auf die Reise geschickt, weil sie ihn nicht mehr ernähren konnten und ihm ein besseres Leben ermöglichen wollen."

Hughies Gesicht verdüsterte sich. „Ich verstehe nicht, warum du das Schicksal dieser Familie so nah an dich heranlässt, Sarah. Du solltest lernen, zu deinen Fällen eine gewisse Distanz zu wahren. Außerdem ist dieser Junge kein Einzelfall. Jedes Jahr schlagen sich Tausende solcher Kinder zur amerikanischen Grenze durch." Er seufzte. „Ich bin wirklich froh, wenn wir erst eigene Kinder haben. Dann kannst du dich um die kümmern und musst dich nicht mehr mit denen von anderen Leuten belasten."

„Wie meinst du das? Kinder und Arbeit, das schließt sich doch nicht aus. Auch wenn ich Mutter bin, möchte ich trotzdem zumindest halbtags in die Kanzlei gehen."

Hughie wandte seine Augen kurz von der Straße ab. „Und unsere Sprösslinge in dieser Zeit von einer Nanny betreuen lassen?"

„Mir hat es nicht geschadet, von María großgezogen zu werden." Ich biss die Zähne aufeinander.

„Natürlich nicht. Aber deine Mutter ist tot. Dein Vater hatte damals gar keine Wahl, als eure Haushälterin darum zu bitten, dich zu betreuen. – Und ich weiß genau, dass du eine tolle Mutter sein wirst. Willst du das unseren Kindern etwa vorenthalten?" Er lächelte warm.

***

„Erde an Sarah."

Ich schreckte hoch. „Entschuldigung, Victoria. Was hast du gesagt?"

„Mich würde interessieren, ob sich die Hochzeitsplanerin schon wegen der Tischkarten bei dir gemeldet hat."

„Tischkarten?" Verwirrt sah ich meine Schwiegermutter an.

„Wir hatten letztes Wochenende festgestellt, dass uns Ivory zu den fliederfarbenen Tischdecken noch einen Tick besser gefallen würde als Vanille."

Sie hatte das festgestellt, ich hatte nicht einmal einen Unterschied zwischen den beiden angeblichen Farbtönen bemerkt.

„Ja. Natürlich. Die neuen Karten sind bereits in die Druckerei gegeben worden."

Victoria sah mich wohlwollend an. „Ich finde es immer wieder erstaunlich, Liebes, wie gut organisiert du bist. Vergisst du denn niemals irgendetwas? Deine Arbeit in der Kanzlei, die Hochzeit … ich an deiner Stelle wüsste überhaupt nicht, wie ich all das bewältigen sollte." Mit einer gezierten Handbewegung strich sie sich eine blonde Locke aus ihrem faltenfreien Gesicht. Auch ihre vollen Lippen und die noch volleren Brüste gaben Anlass anzuzweifeln, dass die frühere Miss Florida ihr immer noch jugendliches Aussehen ausschließlich veganer Ernährung und guten Genen zu verdanken hatte. Trotzdem mochte ich Victoria. Ganz im Gegensatz zu ihrem Mann Ernie, der gerade mit Hughie an unseren Tisch trat. Würde er statt seines weißen Tennis-Dress' einen dunkelroten Bademantel tragen, könnte man ihn glatt mit Playboy-Gründer Hugh Hefner verwechseln. Und genauso gab er sich auch.

„Na, Sweetheart." Ernie Hamilton küsste seine fünfzehn Jahre jüngere Frau schweratmend auf die Wangen. „Habt ihr Mädels die letzten Details für die Traumhochzeit besprochen? Unser Junior hat mich ganz schön auf Trab gehalten." Er nahm eine Stoffserviette vom Tisch und wischte sich damit über die verschwitzte Stirn. Eine Geste, die ihm einen mahnenden Blick von seiner Ehefrau einbrachte, den er jedoch geflissentlich ignorierte. „Gut, dass dein alter Herr noch so fit ist, nicht wahr, Hugh?"

Sein Sohn lächelte verkrampft. Die Zeit, in der Victoria und ich noch einmal über den Ablauf von Hughies und meines großen Tages gesprochen hatten, hatten unsere Männer zu einem kurzen Tennis-Match genutzt. Und ganz offensichtlich war Hugh nicht als Sieger daraus hervorgegangen. Seine sauertöpfische Miene zeigte dies ganz deutlich. Denn Hughie war niemand, der gerne verlor. Schon gar nicht gegen seinen Vater.

„Haben Sie schon gewählt?" Eine Bedienung trat an unseren Tisch.

„Oh ja." Ernie schaute der dunkelhäutigen Schönheit mit den großen dunklen Augen ungeniert in den Ausschnitt.

„Was darf ich Ihnen bringen?" Die Bedienung richtete sich auf und rückte demonstrativ ihre weiße Bluse zurecht.

Ein leichtes Lächeln umspielte die Lippen meines Schwiegervaters. „Eine Flasche Evian. Was wir essen, wissen wir auch schon."

„Ach ja?", entgegnete Victoria konsterniert.

„Hattet schließlich lange genug Zeit, euch etwas auszusuchen. Für mich das Angus-Steak mit den Okraschoten. Über das Dessert muss ich noch nachdenken." Ernie schenkte der Bedienung einen vielsagenden Blick, den diese ungerührt erwiderte. Da sein Bürogebäude nur eine Straße entfernt lag, aß mein Schwiegervater fast jeden Tag im Golf Club.

„Wissen Sie auch schon, was Sie möchten oder soll ich später noch einmal wiederkommen?" Die Bedienung wandte sich an Victoria, Hughie und mich.

„Ich nehme den gemischten Salat mit den Sojasprossen. Ohne Dressing, bitte", zwitscherte Victoria.

„Für meine Verlobte und mich bitte das Gazpacho mit Hummer und Avocado", sagte Hughie.

„Dein Vater hatte keine Zeit?", erkundigte sich Ernie mit vollem Mund, nachdem die Bedienung Getränke und einen Korb mit Weißbrot vor uns abgestellt hat.

„Er fühlt sich nicht wohl. Das schwüle Wetter macht ihm zu schaffen." Ich blickte in den Himmel, der allen meteorologischen Ankündigungen zum Trotz nichts von seiner azurblauen Farbe eingebüßt hatte. Warum hatte ich mich nicht mit der gleichen Ausrede entschuldigt und war zu Hause geblieben? Es wäre nicht einmal gelogen gewesen, denn selbst Jennys Schmerztablette schaffte es nicht, den bohrenden Schmerz in meinem Kopf vollständig zu verdrängen.

„Was deinem Vater fehlt, ist eine Frau, Liebes." Victoria legte mir ihre frenchmanikürten Finger auf den Arm. „Auf der Hochzeit stelle ich ihm meine Freundin Carla vor."

„Die alte Schachtel", warf Ernie ein. „Er soll sich etwas Jüngeres suchen. Sam Brown, einer meiner Berater, wird auch zur Hochzeit kommen. Er bringt seine Tochter mit. Sie hat sich gerade von ihrem Mann getrennt. Die soll sich Roger mal anschauen."

„Ich bitte dich, Ernie." Victoria versuchte, ihre Augenbrauen anzuheben, was ihr seit ihrem letzten Lifting allerdings nicht mehr gelang. „Sophie ist doch viel zu jung. Kaum älter als dreißig."

„Zu jung gibt es nicht, nur zu alt.“ Er lachte meckernd, und es fiel mir schwer, nicht die Augen zu verdrehen. Nicht zu fassen, dass ich hier saß und diesem oberflächlichen Gerede zuhörte. Ich könnte Silvio, Gilbertos Bruder, besuchen und ihn fragen, ob er Hilfe benötigte. Ich könnte mit meinem Vater einen Spaziergang am Strand machen – wir hatten uns die letzten Tage kaum gesehen. Oder ich könnte zu einem Apartment am Ocean Drive fahren, um zu überprüfen, ob dessen Mieter auch bei Tag so verflucht gut aussah wie bei Nacht … Unauffällig versuchte ich, einen Blick auf meine Armbanduhr zu erhaschen. Eine Geste, die Hughie nicht entging.

Er beugte sich zu mir. „In einer halben Stunde können wir von hier verschwinden“, flüsterte er und blinzelte mir mit seinen blauen Augen verschwörerisch zu. Gestern Abend hatte ich in ein paar braune Augen geblickt. In ein paar braune Augen, die mir einfach nicht aus dem Sinn gingen, egal, wie sehr ich mich darum bemühte, sie zu vergessen.

„Hughie.“ Ich räusperte mich. „Ich habe Kopfschmerzen. Vermutlich ist es besser, wenn ich nach Hause fahre.“

„Ist gestern wohl spät geworden, nicht wahr?“

„Nein. Um halb zwölf lag ich bereits im Bett“, erwiderte ich und hoffte, dass mein Gesichtsausdruck bei dieser Aussage entspannter aussah, als er sich anfühlte.

„Du bist nicht an dein Handy gegangen.“ Hughie zerdrückte ein Stück Avocado mit dem Löffel.

„Weil ich vergessen habe, den Ton einzuschalten", log ich. „Das habe ich dir doch bereits gesagt." Meine Freundinnen waren Hughie sowieso ein Dorn im Auge. Wenn er erfuhr, dass Lupita mein Handy stibitzt hatte, wäre der Teufel los! „Ach, jetzt schau nicht so." Versöhnlich küsste ich ihn auf die Wange. „Morgen geht es mir bestimmt besser, und dann bin ich das ganze Wochenende nur für dich da."

***

Auf der Rückfahrt nach Coral Gable war mein Verlobter immer noch wütend auf mich. Schweigend saß er im Auto und starrte mit zusammengepressten Lippen nach vorne, egal, wie viel Mühe ich mir gab, ihn aufzuheitern. Erst als sein Handy klingelte, riss er den Kopf hoch. Ich war ebenfalls überrascht. Hughie hatte es normalerweise stets lautlos stellt.

„Willst du nicht rangehen?"

Hughie machte eine abwehrende Handbewegung. „Ich fahre gerade."

„Ich kann den Anruf für dich annehmen."

„Sarah!" Er blickte mich kühl an. „Ich habe Nein gesagt, was gibt es an diesem Wort nicht zu verstehen."

Vielleicht lag es an seinem blasierten Tonfall, vielleicht lag es aber auch an der Art, wie seine Augen hektisch durch den Cadillac geschweift waren. Auf jeden Fall reizte es mich auf einmal, mich Hughie zum zweiten Mal an diesem Tag zu widersetzen und herauszufinden, wer ihn erreichen wollte. Ich schnappte mir das Gerät und hielt es an mein Ohr.

„Sarah, verdammt! Was machst du? Gib mir sofort das Handy her!", herrschte mich mein Verlobter an.

Doch zu spät. „Sekretariat, Hugh Hamilton. Was kann ich für Sie tun?"

Auf der anderen Seite kicherte jemand nervös. „Oh! Ich wusste gar nicht, dass Hugh … äh … Mr. Hamilton … mir die Nummer seiner Sekretärin gegeben hat." Die Stimme bekam einen professionelleren Klang. „Hier spricht Giselle Jones. Mr. Hamilton hat mich um einen Rückruf gebeten. Wegen unseres Termins."

Weiter kam die Anruferin nicht, denn Hughie hatte seinen Cadillac mit einer Vollbremsung am Straßenrand zum Stehen gebracht und mir das Handy aus der Hand gerissen.

„Mrs. Jones! Hier ist Hugh Hamilton. Ich rufe Sie gleich noch einmal an", bellte er in den Hörer und legte auf. Dann wandte er sich mit unheilvollem Blick an mich. „Kannst du mir verraten, was diese Aktion sollte, Sarah? Du hast mich vor Mrs. Jones in eine unmögliche Situation gebracht."

„Ach! Wer ist denn diese Mrs. Jones? Sie scheint ja noch ziemlich jung zu sein." Wütend funkelte ich ihn an.

„Misstraust du mir etwa?"

„Habe ich denn Grund dazu?"

Hughie atmete ein paar Mal tief ein und aus. „Natürlich nicht. Und es tut mir leid, dass ich dich angeschrien habe. Aber es geht um ein wichtiges Geschäft. Giselle … Mrs. Jones … Sie ist die Managerin eines Clubs, an dem ich interessiert bin."

„Hast du nicht schon genug davon?", entgegnete ich schnippisch.

Hughie schloss für einen Moment die Augen. Als er sie wieder öffnete, sah er mich müde an. „Darauf erwartest du nun hoffentlich keine Antwort, Sweetheart. Und jetzt lass uns bitte nicht mehr streiten."

7. Kapitel

„So schweigsam, mein Liebes?“, fragte Dad, als ich später am Abend mit ihm zusammen im Salon saß und lustlos durch die Fernsehprogramme zappte.

Ich zuckte mit den Achseln.

„Macht dir etwas Sorgen?“

Vor meinem Vater hatte ich noch nie gut etwas verbergen können.

„Die Hochzeit … Sie ist schon in zwei Wochen.“

„Du bist nervös.“ Er griff nach meiner Hand und tätschelte sie. „Das ist ganz normal. Vor der Hochzeit mit deiner Mutter konnte ich wochenlang nicht richtig essen. Ich musste den Anzug noch einmal zur Schneiderin geben.“

Voller Zuneigung blickte ich ihn an. Obwohl er schon fast sechzig war, sah er mit seinen grauen, immer noch dichten Haaren und der gebräunten Haut sehr attraktiv aus. Und es hatte stets genügend Interessentinnen gegeben, die darauf hofften, den freien Platz an seiner Seite besetzen zu dürfen. Aber keine schien die Lücke füllen zu können, die der Verlust meiner Mutter in seinem Leben hinterlassen hatte.

„Und wie war das Essen mit Victoria und Ernie?“, erkundigte er sich.

„Victoria will dich auf der Hochzeit mit einer Freundin von ihr verkuppeln.“

Dad lachte auf. „Ich habe nichts anderes erwartet. Schon seit Jahren liegt sie mir damit in den Ohren, dass es für einen Mann wie mich nicht gut ist, ohne Frau zu bleiben."

„In dieser Hinsicht bin ich ausnahmsweise mit ihr einer Meinung. Ich mach mir Sorgen um dich, Dad. Nach der Hochzeitsreise ziehe ich aus und dann lebst du ganz allein in diesem riesigen Haus."

„María ist bei mir." Sein Blick wanderte zu unserer kugeligen, immer gut gelaunten Haushälterin, die gerade mit zwei Gläsern frisch gepresstem Orangensaft das Zimmer betrat.

Ich wartete, bis sie wieder im Haus verschwunden war, und legte meine Stirn in Falten. „Das ist nicht dasselbe, und das weißt du."

„Ich weiß, dass ich dich habe und meine Arbeit. Und dass mir das reicht."

Das konnte er mir nicht weismachen.

Doch ein Klingeln an der Tür verhinderte, dass ich nachbohrte. Kurz darauf schlenderte Lupita in einem buntbedruckten Sommerkleid beschwingt auf uns zu.

„*Hola*!", rief sie.

„Ich lasse euch beiden Señoritas allein. Ich muss noch ein paar Papiere durchgehen", sagte Dad diskret und zog sich zurück.

„So gut gelaunt? Die Party gestern ist wohl ein voller Erfolg gewesen." Ich lächelte Lupita an.

Ihre Augen leuchteten. „*Estuvo genial*. Die Villa des Produzenten war der Wahnsinn. Direkt am Atlantik und mit eigenem Zugang zum Strand. Da kommen unsere Hütten nicht mit."

Hütten! Ich musste an Fynn denken, der in Hialeah aufgewachsen war und dessen Haus vermutlich zehn Mal auf unser Grundstück passen würde, verkniff mir jedoch einen zynischen Kommentar.

„Hat Roselyn ihren Feuerwehrmann für sich entflammen können?"

Meine Freundin schüttelte den Kopf. „Geflirtet hat er wie ein Großer mit ihr, aber sobald Roselyn mit ihm auf Tuchfühlung gehen wollte, hat er seinen Schlauch eingezogen."

Ich hob die Augenbrauen. Dass Roselyn einen Korb bekam, war ungewöhnlich. Normalerweise war sie es, die die Männer am langen Arm verhungern ließ. „Wie hat es unsere kleine Prinzessin aufgenommen?"

„Drama, Baby!" Lupita warf die Hände in die Luft. „Du kennst sie doch. Zuerst hat sie sich mit Cocktails zulaufen lassen und dann mit einem Unterwäschemodel herumgeknutscht."

„Mann oder Frau?"

„Letzteres." Lupita zog eine Grimasse.

„Nein!" Meine Frage war scherzhaft gemeint gewesen.

„Doch. Du hättest die anwesenden Männer sehen sollen. Hechelnd wie Hunde haben sie um die beiden herumgestanden. Aber anscheinend war diese Frau kein würdiger Ersatz für den Feuerwehrmann, denn kurz darauf ist Roselyn aus dem Haus gerauscht und verschwunden. Natürlich ohne mir Bescheid zu sagen. Wie war dein Abend, *nena*?"

„Wie soll der schon gewesen sein?" Ich schnappte die Zeitschrift vom Tisch und musterte intensiv das Gesicht der bekannten Schauspielerin, die deren Titelbild zierte. „Im Gegensatz zu dir war ich auf keiner heißen Party, sondern bin nach Hause gefahren und hab mich ins Bett gelegt."

„*En serio*? Als ich weggefahren bin, hast du mit einem jungen Mann auf dem Parkplatz gestanden." Lupita nahm mir die Illustrierte aus der Hand.

„Ach ja! Das war einer der Diamond Guys. Fynn. Wir haben uns kurz unterhalten."

„Du scheinst großen Eindruck auf ihn gemacht zu haben."

„Wie kommst du darauf?" Jetzt hatte Lupita meine volle Aufmerksamkeit.

„Er kam später noch auf der Party vorbei und wollte, dass ich dir seine *numéro de teléfono* gebe."

Lupita griff in ihre Handtasche und überreichte mir eine Visitenkarte des Diamond Clubs, auf deren Rückseite mit Kugelschreiber ein paar Zahlen gekritzelt waren.

Ich bemühte mich um einen neutralen Ausdruck, konnte aber nicht verhindern, dass sich meine Lippen zu einem seligen Lächeln verzogen.

Ein Lächeln, das meiner Freundin ganz offensichtlich nicht entging, denn sie seufzte. „Willst du einen Rat von mir, *nena*?"

Ohne meine Antwort abzuwarten, nahm sie mein Gesicht sanft in ihre Hände. „Dieser Fynn ist sehr nett. Und er sieht toll aus. Aber du heiratest in zwei Wochen. Vor dir liegt das Leben, das du dir immer gewünscht hast. Bitte setz es nicht wegen ein Paar hübscher dunkler Augen und ein bisschen Herzklopfen aufs Spiel."

***

Nachdem Lupita weg war, blieb ich wie gelähmt auf meinem Stuhl sitzen und starrte auf die spiegelglatte, azurblaue Oberfläche des Pools. Was war nur mit mir los? Lupita hatte recht: Ich stand kurz vor dem Tag, von dem ich schon als kleines Mädchen geträumt hatte. Mit einem Mann, der mich liebte und der mir jeden Wunsch von den Augen ablas. Mein ganzes Leben lag rosarot vor mir. Ein Leben, in dem es mir an nichts fehlen würde. Mitte des Jahres würden Hughie und ich in ein Haus direkt am Strand ziehen, das Ernie uns gekauft hatte und das gerade aufwändig renoviert wurde. Nur wenige Meter von dem meiner Schwiegereltern entfernt. Ein Haus mit Infinitypool und genug Schlafzimmern für all die Kinder, die ich mir wünschte. Die Hughie und ich uns wünschten. Warum kam mir all das auf einmal überhaupt nicht mehr reizvoll vor? Im Gegenteil! *Bis dass der Tod euch scheidet …* Der Gedanke an dieses perfekte Leben, das bereits in den Startlöchern stand und auf mich wartete, schnürte mir die Luft ab.

„*Estàs bien, princesa*?" Ich zuckte zusammen. María war unbemerkt neben mich getreten und strich mir übers Haar. Ich hatte gar nicht bemerkt, dass unsere Haushälterin an den Tisch herangetreten war, um die leeren Saftgläser abzuräumen. Sie arbeitete nun seit über zwanzig Jahren für meinen Vater. Zuerst als meine Nanny, später als Haushälterin und Köchin. Und auch wenn sie es natürlich nicht schaffte, mir meine Mom vollkommen zu ersetzen, so kamen meine Gefühle für María fast an Tochtergefühle heran. Sie war es, die mir bei meiner ersten Periode ein Glas Rotwein eingoss, um mit mir den Start in mein Leben als Frau zu feiern, und sie hatte meine Tränen getrocknet, als sich mein Schwarm Harry Pitt in der Junior High nicht für mich, sondern für die zickige Alyson entschied. Auch jetzt ließ ich meinen Kopf gegen ihren weichen Bauch sinken, atmete den Geruch nach Kuchen und Gebäck ein, der immer von ihr auszugehen schien, und spürte, wie Tränen meine Wangen hinunterliefen.

„Panik vor Hochzeit *es completamente normal*", beruhigte sie mich mit fast den gleichen Worten wie Dad vorhin. Sie setzte sich neben mich auf die Couch und wiegte mich eng an sich gedrückt hin und her. Ebenso wie er wusste sie immer genau, was in mir vorging.

„*Adémas*, musst du nicht heiraten deinen Hugh."

Mein Kopf ruckte nach oben. Diese Aussage wiederum hatte ich bisher noch nie von jemandem gehört. „Nicht?"

„*No*." Energisch schüttelte María den Kopf.

Aus verheulten Augen blickte ich sie an. „Aber es ist schon alles vorbereitet. Das Essen und die Torte sind bestellt, meine Schwiegermutter hat mir ein Brautkleid von Oscar de la Renta gekauft, über 250

Gäste sind eingeladen. Und ich liebe Hughie … Ach, ich weiß ja auch nicht …"

„Wenn du ihn liebst, *todo esta bien.*" María packte mich am Kinn, damit ich ihr in die Augen sah. „Aber wenn du ihn nicht liebst, ist alles egal: Essen, Brautkleid, Gäste. Das Einzige, was ist wichtig, ist *el corazón.*" Sie klopfte sich auf ihren schweren Busen.

María war nie verheiratet gewesen, und einen Mann gab es in ihrem Leben meines Wissens nach auch nicht. Sie konnte also unmöglich aus Erfahrung sprechen, aber natürlich wusste ich, dass es stimmte. Ohne Liebe funktionierte eine Ehe nicht. Ausgenommen die meiner zukünftigen Schwiegereltern vielleicht.

Ich straffte die Schultern und wischte mir mit den Fingerspitzen die Tränen aus den Augenwinkeln. „Du hast recht, María. Und natürlich schlägt mein Herz für Hughie. Ich bin nur müde und verwirrt. Die Hochzeitsvorbereitungen, die Arbeit in der Kanzlei, die letzten Wochen waren einfach nur ein wenig anstrengend für mich."

„Du kannst immer kommen zu mir, *princesa.*" María streichelte meine Hand.

„Ich weiß." Dankbar drückte ich sie an mich. Dann ging ich zum Telefon und wählte Hughies Nummer.

„Mir geht es wieder viel besser, Liebling. Wie wäre es, wenn ich heute doch noch bei dir vorbeischaue. Ich habe eine Überraschung für dich."

***

Die Oceanfront Condominium Anlage, in der sich Hughies Apartment befand, lag in der ersten Strandreihe von Bal Harbour. Mit klopfendem Herzen durchschritt ich die mondäne Lobby, in der sich hellblauer Palissandro-Marmor mit Stahl und Edelhölzern ergänzte, und meldete mich beim Pförtner an, einem freundlichen Mann mit Brille und Halbglatze. Ich kam mir sehr verrucht vor, wie ich so vor ihm stand und ihn darum bat, Mr. Hamilton meine Ankunft mitzuteilen: Denn unter dem beigefarbenen Trenchcoat trug ich kein züchtiges Business-Kostüm, sondern halterlose Strümpfe, einen BH, der so schmal geschnitten war, dass er kaum meine Brustwarzen bedeckte, einen ebenso knapp sitzenden Slip – und das alles in sündigem Schwarz. Kein Aufzug, in dem ich für gewöhnlich bei Hughie auftauchte. Obwohl das Wäsche-Set bereits seit Monaten in meiner Kommode lag, hatte ich es nie getragen. Aber ich fand, es war Zeit, schwerere Geschütze aufzufahren als die unschuldige weiße und rosafarbene Spitze, die mein Verlobter so gerne an mir sah.

Ich schnallte den Gürtel des Trenchcoats ein Loch weiter, atmete tief ein und aus und verließ den privaten Lift, der mich direkt in sein Apartment gefahren hatte.

Hughie saß auf einem braunen Ledersessel, das helle, kurzärmlige Hemd über der schmalen Brust geöffnet, und rauchte eine Elektro-Zigarette. Bei meinem Eintreten stand er auf.

„Hey, Sweetheart!", begrüßte er mich mit dem gleichen Kosenamen, den Ernie bei Victoria benutzte, und den ich deswegen nicht ausstehen konnte. Er küsste mich auf die Wange und hielt mich dann eine Armlänge von sich entfernt. „Du trägst einen Mantel! Ist es dafür draußen nicht ein wenig zu heiß?"

Was für ein wunderbares Stichwort! Nervös befeuchtete ich meine Lippen. „Ja, viel zu heiß", sagte ich mit rauchiger Stimme und ließ den Zeigefinger leicht über Hughies Hemd gleiten.

Ein verwunderter Ausdruck huschte über sein Gesicht. „Dann leg ihn doch ab."

„Vielleicht möchtest du mir dabei helfen", fuhr ich unbeirrt lasziv fort. Ich wölbte Hughie meinen Oberkörper entgegen.

Die Irritation meines Verlobten nahm zu. „Wenn du möchtest", entgegnete er gedehnt und begann, sich ungeschickt an dem Trenchcoat zu schaffen zu machen. Aber bereits der zweite Knopf widersetzte sich seinem Bemühen.

„Lass mich das doch lieber selbst tun." Langsam und ohne meine Augen von seinen abzuwenden, öffnete ich Knopf für Knopf den Mantel. Hughie schien immer noch nicht zu wissen, was er von der ganzen Situation halten sollte. Mein Gott! Irgendwann musste er doch merken, dass ich ihn verführen wollte.

„Nun kannst du dein Geschenk öffnen." Ich zeigte auf den Gürtel, um eine eventuelle Nachfrage im Keim zu ersticken. Viel deutlicher konnte ich nun wirklich nicht mehr werden.

Aber Hughie wich einen Schritt zurück. „Was soll dieses Getue, Sarah?", fragte er genervt. „Zieh einfach deinen Mantel aus. Ich verstehe nicht, warum du dich so affektiert verhältst."

Dieser Schlag saß. Ein paar Augenblicke starrte ich ihn reglos an. Unentschlossen, ob ich ihm erst noch meine Handtasche überziehen oder gleich wortlos verschwinden sollte, doch ein winziger Rest Hoffnung, dass Hughie die Situation schlichtweg falsch eingeschätzt hatte, brachte mich dazu, zu bleiben.

„Dein Wort ist mir Befehl!" Ich öffnete den Gürtel, der Mantel klaffte auf und ich warf ihn über die Lehne des Sofas.

„Mein Gott, Sarah! Was machst du denn da?" Hughie drängte mich von der hohen Fensterfront weg ins Badezimmer. „Das Licht ist an. Man kann dich sehen." Er grabschte nach dem nächstbesten Bademantel und hängte ihn mir um.

„Hugh, du wohnst im Penthouse", funkelte ich ihn an. „Wer bitte soll denn von draußen reinschauen? Es sei denn, du erwartest um diese Zeit noch einen Fensterputzer." Verzweifelt versuchte ich, den Kloß in meinem Hals herunterzuschlucken. Ich fühlte mich so erniedrigt, doch die Blöße, in dieser Situation vor Hughie zu weinen, wollte ich weder ihm noch mir geben.

„Du hast recht, Sweetie." Hughie schloss mich in seinen Arm und drückte mich fest an sich. „Und es tut mir unendlich leid, dass ich so unbeherrscht reagiert habe. Aber ich hatte einen furchtbaren Tag und ich bin einfach nicht in Stimmung für Spielchen. – Auch wenn sie so verlockend sind, wie das, das du mit mir vorhattest", flüsterte er in mein Haar. „Geh ins Schlafzimmer und zieh dir etwas Bequemes an. Und dann machen wir uns einen schönen Abend. Wir lassen uns etwas vom Chinesen kommen, schauen einen Film an. Für alles andere bin ich heute Abend zu kaputt."

8. Kapitel

Der Samstag gehörte definitiv in die Kategorie *Tage, die man am liebsten aus dem Kalender streichen würde*. Mit Hughie war ich erst für den Sonntagnachmittag verabredet. Er musste überraschend arbeiten, weil eine wichtige Fusion zu scheitern drohte und er und seine Berater sich zusammensetzen wollten, um nach Möglichkeiten zu suchen, das Ruder doch noch herumzureißen. Und auch wenn Hughie mir gegenüber mehrmals betont hatte, dass der Grund für sein unbeherrschtes Verhalten in dem höchstwahrscheinlich geplatzten Geschäftsabschluss lag, nagte seine Zurückweisung sehr an mir.

Mein Vater war mit Freunden zu einem Segeltörn aufgebrochen, Lupita und Roselyns Bruder José feierte seinen dreißigsten Geburtstag und die beiden waren mit ihren Eltern nach Jacksonville gefahren, Jenny ging nicht an ihr Handy. Um mich abzulenken, stürzte ich mich in den Pool und schwamm so viele Bahnen, dass ich am Ende das Gefühl hatte, mit Schwimmhäuten aus dem Wasser zu steigen. Ich legte mich in die Lounge-Muschel und versuchte zu lesen, stellte aber fest, dass ich weder die Nerven für einen Thriller hatte, noch eine schnulzige Liebesgeschichte ertragen konnte - ganz abgesehen davon, dass ich, am Ende einer Seite angekommen, sowieso nicht mehr wusste, worum es überhaupt ging. Ich nahm mir ein paar Zettel zur Hand und notierte, was ich für die Hochzeit und die Flitterwochen noch alles zu erledigen hatte, außerdem ein paar Einrichtungsideen für Hughs und mein neues Haus - gleich nach unserem Urlaub wollten wir uns mit einem Inneneinrichter zusammensetzen. Ich räumte auf, obwohl María alles blitzblank hinterlassen hatte, zappte mich lustlos durch das abendliche Fernsehprogramm und war heilfroh, als die Komödie mit Cameron Diaz, für die ich mich letztendlich entschieden hatte, vorbei war und ich endlich einen Grund hatte, ins Bett zu gehen. Doch auch dort wälzte ich mich unruhig hin und her und schaffte es nicht, mich zu entspannen.

Der Tod des Flüchtlingsjungen ging mir genauso wenig aus dem Kopf wie die demütigende Szene, die sich einen Tag zuvor in Hughies Penthouse abgespielt hatte. Aber vor allem war es der Gedanke an Fynn, der mich einfach nicht zur Ruhe kommen ließ. Obwohl ich seine Handynummer bereits auswendig konnte, holte ich die Karte immer wieder aus meiner Nachttischschublade hervor und betrachtete sie. Mittlerweile war sie ganz zerknittert. Er wollte, dass ich mich bei ihm meldete. So viel war klar. Doch warum? Schließlich war er vor einem Kuss zurückgeschreckt und nicht ich.

Nach meiner Flucht aus Fynns Wagen war ich wütend gewesen. Auf mich. Und auf ihn. Seine Zurückweisung hatte mich verletzt. Doch anders als Hughie gegenüber, dem ich sein Verhalten immer noch nachtrug, brachte ich für Fynn inzwischen Verständnis auf. Ich war angeheitert gewesen. Angeheitert und sentimental. Und hatte darüber hinaus auch noch wegen meiner Verletzung unter Schock gestanden. Hätte er diesen Zustand etwa ausnutzen sollen? Natürlich nicht! Fynn hatte sich wie ein wahrer Gentleman verhalten. Alles richtig gemacht. Wir hatten alles richtig gemacht. Denn letztendlich war nichts geschehen, gar nichts. Selbst dann nicht, als er mich aus dem Wasser herausgetragen und das schmerzhafte Pochen in meinem Fuß allein durch seine Nähe zum Verschwinden gebracht hatte.

Seine Nähe …

Ich schloss die Augen. Spürte wieder Fynns Herzschlag auf meiner Haut, seinen Oberkörper, der sich warm und glatt an meinen schmiegte. Im Schein des Mondes trug er mich über den menschenverlassenen Strand, vorbei an den zusammengestellten Liegen, zu einem Pavillon, dessen weißer Stoff im Wind sacht auf und ab wehte. Fynn schob die seidigen Bahnen beiseite und ließ mich auf ein breites Bett sinken. Er kniete sich über mich und strich mir mit beiden Händen die Haare aus dem Gesicht, blickte mir liebevoll in die Augen, bevor er meine Lippen küsste, meinen Hals … Ein Seufzen entwich meiner Kehle, als seine Zungenspitze eine feurige Straße nach unten zog. Zu meinem Bauchnabel. Meinen Hüften. Und meine Fingerspitzen glitten wie von selbst über meine nackten Brüste hinweg zwischen meine Beine, wo ich sie sanft kreisen ließ. In meiner Vorstellung vermischte sich mein leises Keuchen mit Fynns Atem, meine Hände verschmolzen mit seinen, während ich den Druck meiner Finger verstärkte und Wellen purer Elektrizität über meinen Körper jagten. Ich stöhnte auf und wand mich unter meiner eigenen

Berührung, als Fynn auf einmal den Kopf hob und mich ansah. Mit flehendem Blick versuchte ich, ihn wieder nach unten zu schieben, ihm durch den Druck meiner Hände auf seinen Schultern zu signalisieren, wie sehr ich ihn wollte. Wie sehr ich ihn brauchte. Doch plötzlich verschwamm sein Gesicht vor meinen Augen, und als seine Konturen endlich wieder an Schärfe gewannen, war es Hugh, der über mir kauerte.

„Hast du gedacht, dass ich es nicht herausbekomme, Sweetheart?" Er grinste diabolisch, und ich fuhr nach oben. Schweratmend blickte ich mich um. Ich war in meinem Zimmer. Allein. Kein Fynn. Aber auch kein Hugh. Mit zittrigen Fingern massierte ich meine Schläfen, hinter denen es schmerzhaft zu pochen begann. Verflucht! Drehte ich jetzt endgültig durch?

Missmutig wischte ich mir eine feuchte Haarsträhne aus der Stirn. Auch meine Unterwäsche klebte an meinem Körper. Ich trat auf den Balkon und genoss den kühlen Wind, der meine Haut streifte. Über dem Atlantik grummelte es, die Palmen in unserem Garten wankten bereits heftig. Ein tüchtiges Gewitter würde der unerträglichen Schwüle der letzten Tage hoffentlich ein Ende setzen. Versonnen blickte ich auf das Meer hinaus, in das die Lichter von Coral Gables leuchtende Streifen und Punkte gemalt hatten. Ungefähr um diese Zeit hatte ich vor zwei Tagen unter dem furchtbaren Stripper mit dem lilafarbenen Panty gelegen, während er mein Gesicht in Schlagsahne getaucht hatte. Vor zwei Tagen war mir dieses Szenario unglaublich peinlich gewesen, heute jedoch fand ich die Vorstellung von dem kuriosen Bild, das er und ich abgegeben haben musste, fast komisch. „Sie werden einen Abend erleben, von dem Sie Ihren Enkelkindern garantiert nicht erzählen werden." Mit diesen oder ähnlichen Worten hatte Mr. D seine Jungs angekündigt. Und das würde ich in der Tat nicht! Aber natürlich nicht wegen *Dr. Feelgood* und mir, sondern wegen des *Gentlemans,* der dieses entsetzliche Gefühlschaos in mir ausgelöst hatte.

Warum jetzt? Warum um Himmels willen gerade jetzt?

Weil du mit Hughie schon lange nicht mehr glücklich bist, flüsterte mir ein kleines Teufelchen zu. Nein! Das stimmte nicht. Ich war glücklich. Abrupt drehte ich mich um und ging zurück in mein Zimmer. Nur nicht weiter auf den Ozean hinausschauen und sich den Erinnerungen aussetzen, die er in mir heraufbeschwor.

Doch diese ließen sich nicht so einfach abschütteln. Denn drinnen fiel mein Blick sofort auf die Sweatjacke, die ordentlich ausgebreitet über einem Stuhl hing. Ich wollte sie eigentlich María zum Waschen geben, hatte es aber nicht übers Herz gebracht. Ich vergrub mein Gesicht darin. Der Geruch von Salzwasser stieg in meine Nase. Und ein Hauch Fynn. Ich schleuderte das Kleidungsstück von mir. So konnte es nicht weitergehen. Ich würde jetzt zum Club fahren und es Fynn zurückgeben. Und vielleicht sogar mit ein bisschen Glück feststellen, dass er lange nicht so attraktiv und wundervoll war, wie es mir das Licht des Vollmonds vorgegaukelt hatte.

Zehn Minuten später stand ich frisch geduscht vor meinem Schrank und inspizierte meine Kleider. Ich entschied mich für einen unspektakulären Jeansrock und ein weißes Top. Auch auf ein auffälliges Make-up verzichtete ich. Fynn sollte nicht denken, dass ich mich extra für ihn aufgebrezelt hatte. Ich tuschte mir lediglich die Wimpern und tupfte ein wenig Lipgloss auf meine Lippen. Aus der Unterwäscheschublade nahm ich einen trägerlosen BH und den dazu passenden Slip heraus. Die helle Spitze raschelte verheißungsvoll zwischen meinen Fingerspitzen und ihr Anblick löste in meinem Unterleib ein lustvolles Ziehen aus. Einige Sekunden lang stand ich versonnen vor dem Spiegel, ich betrachtete meinen nackten Körper, den Hughie schon seit Wochen nicht mehr berührt hatte, ich dachte an Fynns Handynummer in meiner Nachtischschublade und warf den Slip zurück in die Schublade. Eine beunruhigende Erkenntnis war in mir aufgestiegen: Vorgestern Nacht hatte ich einen winzigen Bissen von der verbotenen Frucht genascht. Und nun wollte ich mehr davon.

9. Kapitel

Auf dem Weg nach Miami Beach fing es an zu regnen. Dicke Tropfen fielen auf die cremefarbenen Sitze des schicken roten BMW Cabrios, das ich mir mit meinem ersten Jahresgehalt als Junior Partnerin zusammengespart hatte, sodass ich am Straßenrand anhalten musste, um das Verdeck hochzufahren. Schwere Wolkenberge türmten sich vor mir auf, die Palmen wedelten immer bedrohlicher mit ihren stacheligen Armen, und als ich die Brücke nach Miami Beach überquerte, sah ich im Licht des Blitzgewitters, dass sich das Meer zu wütenden Wellen aufbäumte. Mittlerweile war der Regen so stark geworden, dass die Scheibenwischer selbst auf der höchsten Stufe den prasselnden Wassermassen kaum Herr werden konnten und ich im Schritttempo auf den Parkplatz des Clubs kriechen musste, um nicht aus Versehen gegen einen anderen Wagen zu fahren. Oder gegen einen der weiblichen Gäste, die gerade in Scharen mit hochgezogenen Schultern hinausströmten und zu ihren Autos oder den herumstehenden Taxis eilten.

Fast halb drei. Auch die Jungs würden gleich Feierabend machen. Ich klappte die Sonnenblende herunter und fuhr noch einmal mit einem grobzinkigen Kamm durch meine Locken. Eine unsinnige Aktion, die mehr aus der Nervosität heraus entstand als aus dem tatsächlichen Versuch, mich möglichst präsentabel herzurichten. Alle paar Sekunden zerteilten

Blitze den sternenlosen Himmel und die rauchige Stimme von Amy Winehouse, deren Songs mich nach Miami Beach begleitet hatten, wurde immer wieder von lautem Donnergrollen überdeckt. Nur schemenhaft konnte ich erkennen, dass sich die Hintertür des Clubs öffnete und mehrere Personen das Gebäude verließen. Ungeachtet der Regentropfen, die in den BMW hineingeweht wurden, fuhr ich die Scheibe ein wenig hinunter, um besser sehen zu können, um wen es sich dabei handelte. Roselyns Feuerwehrmann, ein pummliger Mann mit dunklen Locken und die blonde Kellnerin mit dem Pferdeschwanz stapften triefend vor Nässe an meinem Wagen vorbei. Dicht gefolgt von Ken, der sich eine Plastiktüte über den Kopf hielt, den Pfützen auswich und wie ein zimperliches Mädchen vor sich hin schimpfte, sowie dem Clubbesitzer, der die Wassermassen, die sich über seinem Kopf ergossen, mit stoischem Gesichtsausdruck hinnahm. Genau wie die Gruppe Stripper, die nur wenig später den Club verließen. Außer dem Neandertaler, der seine Arbeitskollegen um mindestens einen halben Kopf überragte, kam mir keiner von ihnen bekannt vor.

Erst mehrere Minuten später öffnete sich die Tür erneut. Dieses Mal traten lediglich zwei Männer heraus. Der eine musste *Deputy Handsome* sein, der andere war … Fynn. Und er sah noch genauso attraktiv aus wie gestern! Ich biss auf meiner Unterlippe. Unter dem Vorbau der Tür blieben er und Liam stehen, die Köpfe dicht nebeneinander. Liam zeigte Fynn etwas auf dem Handy, worüber dieser lachte.

Bevor ich einen Rückzieher machen konnte, schnappte ich mir die Jacke vom Beifahrersitz und stieg aus. Sofort lief mir Regen über Gesicht und Dekolleté bis in den Ausschnitt, saugte sich in den Stoff von Shirt und Rock ein und kühlte meine erhitzte Haut innerhalb von wenigen Sekunden ab. Ich räusperte mich. Ein hoffnungsloses Unterfangen, die Aufmerksamkeit der beiden Männer zu erregen, denn im Rauschen des Regens, dem Donnern und Grollen, das in immer kürzeren Abständen erfolgte, hatte dieses Geräusch den gleichen Effekt wie das Niesen eines Flohs. Tapfer trat ich noch ein paar Schritte vorwärts und versuchte, das anschwellende Trommeln meines Herzens zu ignorieren.

„Hey, Fynn!“, rief ich, so laut ich konnte.

Doch nur Liam reagierte. Er stupste seinem Freund in die Seite. „Scharfe Lady auf halb acht.“

Fynn schaute auf. Ein Ruck ging durch seinen Körper und seine Augen weiteten sich. „Was machst du hier?“

Ich hob die Jacke in die Höhe. „Ich wollte dir das hier zurückbringen.“ Im gleichen Moment merkte ich, wie lächerlich diese Aussage angesichts des nassen Stoffs in meiner Hand wirken musste.

Liam schien das ganz genauso zu sehen, denn sein rechter Mundwinkel zuckte. „Ich muss jetzt los. Bis morgen!“ Er schlug seinem immer noch reglosen Freund auf die Schulter. „Und tu nichts, was ich nicht auch tun würde!“, rief er ihm lässig über die Schulter zu, bevor er um die Ecke bog und verschwand.

Durch den Regenschleier kam Fynn auf mich zu. Das weiße Shirt hob sich im Licht der Neonröhren von seiner gebräunten Haut ab. Nicht nur seine ausdefinierten Muskeln, auch seine Brustwarzen traten deutlich unter dem nassen Stoff hervor. „Du hättest deswegen nicht extra rausfahren müssen." Er griff nach dem triefenden Bündel und unsere Fingerspitzen berührten sich.

„Das bin ich nicht." Ich zwang mich, meinen Blick seinem Gesicht zuzuwenden, an dem das Wasser aus seinen Haaren in langen, unregelmäßigen Bahnen hinunterfloss.

Fynn sah mich fragend an. „Warum bist dann bei diesem Wetter hinausgefahren?"

„Ich wollte dich wiedersehen. Ich ... ich wollte dich einfach noch einmal sehen", stammelte ich hilflos.

„Aber du ... In zwei Wochen ..." Zögernd trat er näher an mich heran, strich mir mit seinen Fingerspitzen eine nasse Haarsträhne aus dem Gesicht, ließ dann seine Hand aber sofort wieder sinken.

„Ich weiß. Aber du geisterst ständig durch meine Gedanken", flüsterte ich.

Fynn schluckte hart und schwieg einige Sekunden. Dann holte er tief Luft. „Und du durch meine. Deshalb habe ich deiner Freundin meine Nummer gegeben. Ich habe gehofft, dass du dich bei mir meldest. Damit wir noch einmal über alles reden können." Unsere Finger verschlangen sich ineinander. „Ich musste ständig an unseren Spaziergang am Strand denken, an das Bad im Meer, daran, wie gut es sich angefühlt hat, dich in meinen Armen zu halten, und wie wunderschön du im Mondlicht ausgesehen hast."

Im nächsten Moment lag ich seinen Armen, und sein Mund traf meinen so plötzlich wie die Blitzschläge den pechschwarzen Himmel. Wellen des Verlangens durchströmten mich, als unsere nassen Körper aufeinandertrafen, und ich zog ihn mit beiden Händen an mich. So, wie ich es gestern schon gerne getan hätte. So, wie ich es mir in all den endlosen Stunden, in denen wir getrennt waren, erträumt hatte. Aber die Realität war besser als meine Fantasie. Um so vieles besser. Und trotz des kühlen Regens, der in schweren Tropfen unerbittlich auf meine Haut prasselte, fühlte ich mich erhitzt. Fiebrig.

„Du weißt, dass du einen riesigen Fehler machst?", murmelte Fynn zwischen seinen Küssen.

„Ja. Aber dieser Fehler fühlt sich unglaublich gut an", keuchte ich. Ich ließ meine Hände unter den Stoff seines Shirts gleiten, spürte die harten Muskeln unter der weichen Haut und keuchte auf. Ich wollte mehr von Fynn, viel mehr. Meine Finger wanderten zu seinem flachen Bauch, von dem aus sich Regentropfen eine feuchte Spur nach unten bahnten, suchten den Knopf seiner Jeans. Jäh löste sich Fynn von mir.

„Nicht hier, wo uns jeder sehen kann." Er küsste mich zart. „Lass uns in meine Wohnung gehen."

„Liam ...", stieß ich aus.

„Der schläft heute Nacht bei seiner Freundin."

Ich bin mit dem Auto da, hätte ich sagen können. Aber meine Angst, dass sich Fynn unter meinen Fingern auflöste und nur noch ein herrlich süßer, prickelnder Traum zurückblieb, war zu groß. Eng umschlungen, und ohne unsere Lippen und Hände voneinander zu lösen, verließen wir den Parkplatz. Nicht nur um uns vor den zuckenden Blitzen zu schützen, drückten wir uns an Hauswänden entlang, auch jede rote Ampel nutzten wir dazu, uns ausgiebig zu küssen. In einer der kleineren Seitenstraßen, kurz vor dem Ocean Drive war die Stimmung zwischen uns derart aufgeheizt, dass uns nur ein alter Mann mit Regenschirm und Mops an der Leine davon abhielt, uns in eine der dunklen Ecken zurückzuziehen. Erleichtert taumelten wir durch den gläsernen Eingang der Apartmentanlage in den bereits wartenden Aufzug und kaum glitten dessen Türen quietschend hinter uns zu, presste Fynn mich hart gegen die kühle Metallwand. Er zerrte meinen Rock hoch und stöhnte leise, als seine Finger keinen Stoff ertasteten. „Du bist tatsächlich nicht zufällig vorbeikommen."

„Ich gestehe, dass meine Absichten wenig ehrenwert waren. Und es immer noch sind", flüsterte ich ihm ins Ohr, und die Erektion, die ich unter seiner Jeans verspürte, ließ mich vor Lust schwindelig werden. Ich wollte Fynn. Hier und jetzt. Doch viel zu schnell hielt der Lift wieder an. Hand in Hand hasteten wir zu seiner Wohnung.

Sein Oberkörper presste mich gegen die Tür. Mit seinen Lippen suchte er gierig meinen Mund, während seine Finger den Türcode eintippten. Ein

Brummton verkündete, dass er die Ziffernfolge falsch eingegeben hatte. Seine Hand glitt zwischen meine Schenkel.

Ein leises Klacken. Endlich! Wir stolperten hinein. Doch anstatt Fynn die Kleider vom Leib zu reißen und all die Bilder wahr werden zu lassen, die mir schon seit gestern im Kopf herumspukten, fühlte ich mich in der Helligkeit seines privaten Reichs plötzlich eingeschüchtert. Befangen blickte ich mich um. Die Wohnung war geschmackvoll eingerichtet. Ganz in Weiß, Grau und Anthrazit. Kühle Farben, die ich mochte. Den Mittelpunkt bildete eine riesige Sofalandschaft. Das Beste aber war die verglaste Wand, die den Blick auf den glitzernden Ozean freigab. Fasziniert trat ich näher und spürte Fynns Blick intensiv in meinem Rücken.

„Schöne Aussicht“, sagte ich mit trockenem Mund und fing an, unkontrolliert zu zittern. Obwohl es im Apartment kuschlig warm war, spürte ich die Kälte meines Körpers viel mehr als im peitschenden Wind und der Regenflut außerhalb. Vielleicht war es aber auch nur die Anspannung, die meine Zähne laut aufeinander schlagen ließen.

„Wir sollten die nassen Klamotten loswerden“, sagte Fynn, als er von hinten an mich herantrat und seine Arme um meine Mitte schlang. „Ärztliche Verordnung.“ Seine Lippen strichen meinen Hals hinunter und die Behutsamkeit dieser Bewegung stand im krassen Gegensatz zum wilden Ungestüm, den er auf dem Parkplatz vor dem Club und auf dem Weg hierher gezeigt hatte. Sanft drehte er mich um und blickte mir tief in die Augen. Dann zog er langsam das nasse Shirt über den Kopf, auch seine Jeans sank zu Boden. Als seine Finger jedoch an den schwarzen Bund seiner Boxershorts stießen, deren Inhalt nur allzu deutlich zeigte, wie sehr er mich wollte, zögerte er.

„So schamhaft, *Gentleman*?" Ich hob die Augenbrauen. „Auf der Bühne hast du doch auch keine Skrupel, die Hüllen fallen zu lassen."

Fynn ließ sich nicht von mir provozieren. „Quid pro quo. Du bist an der Reihe!"

Unsicher schaute ich ihn an. Fynns Körper schimmerte golden im Licht der gedämpften Beleuchtung und er war so perfekt, dass mein eigener dagegen nur abfallen konnte. Vielleicht sollte ich vorschlagen, die Lampe auszumachen. Ein hysterisches Kichern kroch meine Kehle hinauf und brachte meine Zähne noch mehr zum Klappern.

„Lass uns unter die Dusche gehen." Fynn ergriff meine Hand und führte mich in ein weißgefliestes Badezimmer. Abgesehen von einer Jeans und einem dunkelblauen Muskel-Shirt, die achtlos in einer Ecke auf dem Boden lagen, war es ebenso wie der Rest der Wohnung überraschend ordentlich. Unbehaglich trat ich von einem Fuß auf den anderen, während Fynn mich mit einem leichten Lächeln im Gesicht betrachtete.

„Nun, Frau Anwältin, haben Sie auf einmal Hemmungen bekommen?" Er legte einen Arm um meine Taille und fing an, mit dem Daumen seiner freien Hand provozierend langsam meine Brustwarze zu umkreisen. Ich erschauerte unter dieser Berührung. Mit dem Entledigen seiner Kleidung schien auch der letzte Hauch von Zurückhaltung von ihm abgefallen zu sein. Fynns Finger griffen nach dem Saum meines Tops. Dunkelheit verhüllte für einen Moment mein Gesicht, ich hörte das Geräusch von nassem Stoff, der auf Fliesen fiel und als ich meine Lider wieder anhob, schaute ich in Fynns Augen, die mich voller Verlagen ansahen, über meine Brüste schwebten und meinen Körper allein durch diesen Blick zum Vibrieren brachten.

Ungeduldig riss ich ihm seine Boxershorts über die Hüften, er zerrte meinen Rock hinunter und endlich konnte ich seine Haut an meiner spüren. Unsere Herztöne vermischten sich, wurden zu einem. Wie in Trance legte ich die Arme um seinen Nacken, um ihn noch enger an mich zu ziehen, meinen Mund in seinem zu versenken, und die Außenwelt verlor ihre Bedeutung. Ich bekam nichts mehr mit, außer Fynns Lippen, die an meinen saugten, seiner Zunge, die sich in meinen Mundraum schob und seinen Händen, die jeden Zentimeter meines Körpers zu ertasten schienen.

Unter all diesen Küssen und Berührungen zog Fynn sich ein Kondom über und wir waren dabei wohl auch in die Dusche getaumelt, denn ein heißer Strahl traf meinen sowieso schon glühenden Körper so unerwartet, dass ich zusammenzuckte. Ich spürte Fynns Hände an meiner Taille, kalte Fliesen in meinem Rücken, sein steil aufgerichtetes Geschlecht, das sich gegen meinen feuchten Schoß drängte, und stöhnte vor Erregung leise auf, als ich mit gespreizten Schenkeln auf seiner Hüfte zum Sitzen kam.

Fynn hielt inne. „Bist du dir ganz sicher?", flüsterte er gegen meinen Mund.

Ich nickte stumm. Oh ja! Ich wollte ihn. So fest ich konnte, zog ich ihn an mich und ohne seine Augen von meinen zu lösen, drang er in mich ein. Eingehüllt vom warmen Wasser der Dusche versank ich in seinem Blick, während er zu einem Teil von mir wurde und sich erst langsam und dann immer schneller in mir bewegte. Einen Punkt in mir massierte und mich aufstöhnen ließ. Seine Hände lagen fest um meine Pobacken, sein schwerer Atem zeichnete eine hitzige Spur auf mein Gesicht und ich spürte, wie sich meine inneren Muskeln zusammenkrampften. Ich warf den Kopf in den Nacken, auch Fynn fing an zu keuchen. Seine Stöße wurden härter. Verschmolzen mit dem gierigen Pochen meines Schoßes, den rhythmischen Spasmen, die in immer kürzeren Abständen erfolgten, mich emporhoben, Raum und Zeit vergessen ließen — und dann explodierte etwas in mir.

10. Kapitel

Fynns Gesicht ruhte in meiner Schulterbeuge. Sein Atem ging immer noch stoßweise, während mein rasender Puls sich schon wieder ein wenig beruhigt hatte und meine Ekstase einer köstlichen Zufriedenheit gewichen war. Entspannt lagen meine Hände auf seinem Rücken, auf dem ich deutlich die halbmondförmigen Spuren meiner Fingernägel spürte. Mit einem Anflug von Schuldbewusstsein streichelte ich darüber, so als könne ich sie durch diese Liebkosung wegwischen.

Fynn nahm mein Gesicht zwischen beide Hände und küsste mich zart auf die Lippen. Dann wandte er sich ab, um sich das Kondom hinunterzuziehen, es in Papier einzuwickeln und in den Mülleimer zu werfen.

„Danke, dass du es benutzt hast", murmelte ich verlegen. „Ich hätte überhaupt nicht daran gedacht, und ich nehme zwar die Pille, aber … du weißt schon …" Meine Worte verebbten.

„Ich habe mich vor drei Monaten testen lassen und seitdem mit keiner Frau mehr geschlafen."

Ich schaute ihn zweifelnd an, doch Fynn hielt meinem Blick stand und ich glaubte ihm. Drei Monate. Hugh und ich hatten zwar schon einige Wochen nicht mehr miteinander geschlafen, aber so lange war es nun auch wieder nicht her … Eilig schob ich den Gedanken an Hugh und an das Leben, das mich in ein paar Stunden wieder erwartete, beiseite. Ich hatte einen Fehler gemacht. Einen Fehler, den ich nicht rückgängig machen konnte. Und deshalb gedachte ich, diesen Fehler, so gut es ging, auszukosten. Ich griff nach dem Duschgel und schäumte es zwischen meinen Handflächen auf. Es roch nach Meer und einem Hauch Zitrone. Genüsslich ließ ich meine Finger über Fynns breiten Brustkorb gleiten, der sich unter meiner Berührung unregelmäßig zu heben begann. Ich fuhr Muskel für Muskel seines Oberkörpers nach, liebkoste die kleine Einkerbung zwischen Rippenbögen und Hüftknochen, die so wahnsinnig sexy aussah, und genoss es, dass Fynns Gesicht sich lustvoll verzog, als meine Fingerspitzen dem zarten Pfad seiner Haare folgten, die sich vom Bauchnabel abwärts kräuselten. Sein Glied, das kurz zuvor noch schlaff zwischen seinen Schenkeln geruht hatte, begann sich unter meinen fordernden Berührungen aufzurichten und ich merkte, dass auch ich wieder feucht wurde. Doch Fynn schob meine Hand beiseite.

„Du hast wohl immer noch nicht genug“, sagte er heiser, bevor er mir das Duschgel aus der Hand nahm und es auf meine erhitzte Haut tropfen ließ. Er drückte mich gegen die Wand der Dusche, zog meine Arme über meinen Kopf und seine Finger schlossen sich mühelos um meine beiden Handgelenke. Mit der anderen Hand massierte er meine Brüste, verteilte den duftenden Schaum darauf, während er mir tief in die Augen blickte. Probeweise versuchte ich meine Hände aus seinem Griff herauszuwinden, aber Fynn zwang sie unerbittlich nach oben und der Gedanke, ihm in diesem Moment hilflos ausgeliefert zu sein, ließ meine Erregung noch größer werden. Wenn das überhaupt möglich war. Denn mittlerweile waren seine Finger in meiner empfindlichen Mitte angekommen und sein Daumen umkreiste quälend zart deren harten, pochenden Punkt. Ich schrie leise auf und verschämt biss ich mir3 auf die Lippen, senkte meine Lider.

„Sieh mich an!", forderte Fynn. Überrascht folgte ich seinem Befehl. „Ich möchte, dass du mich dabei ansiehst, wenn du kommst."

Mit Zeige- und Mittelfinger drang er in mich ein, während sein Daumen mit seinem unbarmherzigen Kreisen fortfuhr, mich auf immer neue Wellen der Lust erhob. Ich keuchte auf, wollte erneut den Blickkontakt zwischen uns abbrechen, aber sein Blick hielt meinen und der Orgasmus überrollte mich so unerwartet, dass ich das Gefühl hatte zu implodieren. Das gedämpfte Licht des Badezimmers wurde zu einer Fontäne gleißender Lichtpunkte. Ich bäumte mich auf, stöhnte, und dann ließ ich los. Rauschte schwerelos durch Raum und Zeit, bis ich schließlich erschöpft auf Fynns Brustkorb zusammensackte.

***

„Hast du eigentlich den Einsatz für deine Solo-Nummer absichtlich verpasst?", fragte ich Fynn, als ich kurze Zeit später ermattet neben ihm in seinem Bett lag.

„Wie kommst du darauf?" Er stützte das Kinn auf die Handfläche und schaute auf mich hinunter.

„Vergiss es." Plötzlich war mir meine forsche Frage unangenehm. Fynn musste mich für ganz schön eingebildet halten.

Doch der wirkte auf einmal verlegen. „Troy ist ein Idiot", murmelte er. „Da sitzt der halbe Club voller aufgeheizter Frauen und er nimmt ausgerechnet dich mit auf die Bühne. Man hat dir deutlich angemerkt, dass dir die ganze Sache total peinlich war."

Gerührt strich ich ihm über die Wange.

Fynn hielt meine Hand fest und küsste ihre Innenfläche. „Soll ich dich nach Hause bringen?"

Ich richtete mich abrupt auf. „Willst du, dass ich gehe?"

„Natürlich nicht. Ich würde dich viel lieber hier bei mir behalten, dich an mein Bett fesseln und dich so lange mit meinen Küssen quälen, bis du um Gnade flehst. Und ich kann dir versprechen, das wird nicht lange dauern." Fynns Augen funkelten.

Erleichtert zog ich ihn an mich. Morgen früh würde ich mich sowieso von ihm verabschieden müssen. Aber heute Nacht wollte ich diesen wundervollen Traum noch ein wenig länger träumen. „Und warum tust du es dann nicht?", flüsterte ich ihm ins Ohr.

„Morgen. Wenn du willst, gleich nach dem Aufwachen." Fynn grinste. „Jetzt möchte ich einfach nur neben dir liegen und dich im Arm halten." Er zog mich an sich, mein Kopf sank auf seine Schulter, und ich genoss es, seinen Herzschlag unter meiner Hand zu spüren, den beruhigenden, immer gleichen Rhythmus. Mein Körper wurde schwerer, mein Atem tiefer. Ich darf nicht einschlafen. Wenn ich einschlafe, ist diese Nacht viel zu schnell vorbei!, dachte ich. Doch meine Müdigkeit gewann die Oberhand.

***

Am nächsten Morgen wurde ich von lautem Gepolter geweckt.

„Hey, Alter. Aufstehen! Wir müssen gleich los." Mit einem Ruck wurde die Bettdecke weggerissen.

Erschrocken fuhr ich hoch — und blickte in zwei türkisblaue Augen, die unter wirren braunen Haarsträhnen auf mich herunterblitzten. Auf mich und … auf meinen nackten Körper. Mit einem Aufschrei grabschte ich nach der Decke.

„Oh Scheiße. Verdammt. Ich wusste ja nicht …" Liam verließ rückwärts, die Hände beschwichtigend erhoben, das Zimmer. Die Tür fiel mit einem lauten Knall ins Schloss.

„Was ist?" Fynn rieb sich verschlafen die Augen.

„Dein Mitbewohner. Oh Gott, wie peinlich!" Meine Hände krallten sich in der Bettdecke fest.

„Keine Sorge, das ist er gewöhnt. Ich bringe ständig irgendwelche Frauen mit nach Hause", witzelte er und versuchte, mich wieder nach unten zu ziehen.

„Nein." Ich machte mich steif. „Er meinte, dass du aufstehen musst. Ihr habt gleich Probe. Und ich … ich muss auch … weg." Meine Augen suchten das Zimmer nach meinen Kleidern ab, bis mir einfiel, dass Fynn mich gestern im Badezimmer ausgezogen hatte und meine Sachen bestimmt immer noch auf dem Boden herumlagen. Oh Gott! Was hatte ich getan? Und es war schon fast zwölf! Um eins war ich mit Hugh verabredet. Noch einmal würde er sich nicht vertrösten lassen, ohne misstrauisch zu werden. Die Decke krampfhaft vor meine Brust gepresst, sprang ich aus dem Bett. „Kannst du … kannst du bitte meine Kleider holen?“ Ich vermied den Blick in Fynns Gesicht, auf seine Lippen, die mich gestern so zärtlich geküsst hatten … Nahezu überall. Mir wurde heiß vor Scham.

„Okay!“ Er klang verwirrt, schlüpfte jedoch anstandslos in ein Paar Boxershorts und verließ das Zimmer.

Von draußen drang Gelächter herein. „Hattet es wohl ganz schön eilig“, hörte ich eine unbekannte Stimme und Fynn erwiderte etwas Unverständliches.

Ach nein! Ich kniff die Augen zusammen. Fynns Mitbewohner hätte mir vollkommen gereicht. Musste er denn unbedingt noch jemanden mitschleppen?

Fynn kam ins Schlafzimmer zurück und reichte mir die Kleider. Meinen Rock, mein Top, BH. Ich spürte, wie mir die Röte den Nacken hinaufkroch. Außerdem musste ich dringend auf die Toilette.

„Kann ich es wagen, ins Bad zu gehen, ohne über einen deiner Kumpels zu stolpern?“

„Ich sag den Jungs, dass sie abzischen sollen.“

Schnell wog ich ab, was ich schlimmer fand: Mit Fynn und all den Bildern von lustverzerrten Gesichtern und verschwitzten Körpern in meinem Kopf allein im Apartment zu bleiben oder an Fynns Freunden vorbei ins Bad zu marschieren und danach zu verschwinden. Ich entschied mich für Letzteres und winkte ab. „Das musst du natürlich nicht. Die werden ja vermutlich alle schon einmal eine Frau gesehen haben." Ich machte Anstalten, das Laken zurück aufs Bett zu werfen — es gab sowieso nichts an mir, das Fynn noch nicht gesehen hatte —, doch Fynn verließ hastig den Raum.

„Auch einen Kaffee?", fragte er mit abgewandtem Blick.

„Nein, danke", erwiderte ich und schlüpfte in meine Kleider. Zumindest waren sie über Nacht einigermaßen getrocknet. Fynn musste sie aufgehängt haben. Zum Glück. Das hätte mir noch gefehlt, Fynn um Shirt und Shorts bitten zu müssen. Ganz abgesehen davon, dass ich darin auf keinen Fall bei Hugh auftauchen könnte. Beim Gedanken an meinen Verlobten, den ich in kaum mehr als einer Stunde wiedersehen würde, krampfte sich mein Magen zusammen.

So würdevoll, wie es mir möglich war, schritt ich aus Fynns Zimmer. Liam und ein dunkelblonder Kerl, den ich trotz Jeans und verwaschenem Shirt als Roselyns Feuerwehrmann identifizierte, saßen auf Barhockern an einer Theke. Er musterte mich aus seinen irritierend hellen grünen Augen und ich bekam eine vage Vorstellung davon, was Roselyn so an ihm faszinierte.

„Hey, ich bin Matt." Er nickte mir lässig zu.

„Sarah", murmelte ich.

Fynn beschäftigte sich intensiv mit der Kaffeemaschine und hielt den Blick starr abgewandt.

Ich hastete ins Bad.

Dort ließ ich mich zitternd auf die Toilette sinken. Wie hatte ich mich nur dazu hinreißen lassen können, nicht einmal zwei Wochen vor der eigenen Hochzeit mit einem anderen Kerl ins Bett zu gehen? Hoffentlich hatte uns gestern auf dem Weg zur Wohnung niemand gesehen. Hugh durfte niemals davon erfahren!

Sarah Harper, die Tochter des angesehenen Wirtschaftsanwalts Roger Harper betrügt ihren Verlobten Hugh, den Sohn des milliardenschweren Medienmoguls Ernie Hamilton zwei Wochen vor ihrer Hochzeit mit einem Stripper.

Ich konnte den Zeitungsartikel schon vor mir sehen.

Müde schleppte ich mich zum Waschbecken, um mich auf die Suche nach Zahnpasta zu machen, doch die Ablage war leer. Lag denn in dieser Wohnung überhaupt nichts einfach so herum? Frustriert starrte ich in den Spiegel. Blasses Gesicht, dunkle Ringe unter den Augen, zerzaustes Haar, das aussah, als hätte ein Vogel ein Nest darin gebaut … „Du bist unglaublich", hatte Fynn gestern Nacht zu mir gesagt und beim Gedanken an die Berührungen und Küsse, die diesen Worten vorausgegangen waren, prickelte es erneut zwischen meinen Beinen. Schnell schöpfte ich mir mit beiden Händen kaltes Wasser ins Gesicht. Mit den Fingern glättete ich, so gut es ging, mein Haar, band es in einem dicken Zopf zusammen und öffnete dann eine Tür des Badezimmerschranks, in der Hoffnung, dass mir keine Wagenladungen voll Kondome oder Sexspielzeug entgegenfallen würden. Ich hatte Glück. Zahnpasta fand ich zwar keine, dafür aber eine giftgrüne Flasche Mundwasser. Ich nahm einen großzügigen Schluck und spülte mir damit den Mund aus. Wenn ich schon so wenig vorzeigbar aussah, wollte ich zumindest keinen schlechten Atem haben.

Als ich das Badezimmer wieder verließ, saßen Liam und Matt leider immer noch da.

„Ja, also … War schön, euch kennengelernt zu haben. Ich mach mich auf den Weg."

„Soll ich dir ein Taxi rufen?", fragte Fynn steif.

„Nicht nötig. Ich bin mit dem Auto da."

„Wo hast du geparkt?"

„Vor dem Club", antwortete ich zögernd.

Fynns Augenbrauen wanderten in die Höhe, er entgegnete aber nichts.

Zum Glück erlöste uns Matt aus dieser Situation. „Komm, Liam." Er rutschte von seinem Hocker herunter. „Wir gehen schon mal vor."

Liam folgte ihm, vor der Wohnungstür blieb er jedoch noch einmal stehen. „Ich bin stolz auf dich, mein Junge. Ich wusste doch, dass du es noch drauf hast", sagte er augenzwinkernd.

Fynn schluckte. „Idiot!"

Sein Freund grinste süffisant, dann fiel die Tür ins Schloss und ließ uns allein zurück. „Können wir auch los?", fragte Fynn. „Ich fahre dich auch, dann …"

… dann sieht uns keiner zusammen. Aber dieser Teil des Satzes verklang unausgesprochen im Raum.

Wir verließen das Haus in stillem Einvernehmen durch das Treppenhaus. Fynn schien genauso wenig Lust zu haben, den Aufzug zu benutzen wie ich. Ich blieb im Eingang stehen, während er den Mustang holte, den er eine Querstraße weiter geparkt hatte. Trotz der warmen Temperaturen fuhr er mit geschlossenem Verdeck vor. Was für ein Schmierentheater!

„Der rote BMW?“, fragte er, nachdem er auf den Parkplatz des Diamond Clubs eingebogen war.

Stumm nickte ich und Fynn parkte den Oldtimer dicht daneben. Ich blieb noch einen Moment sitzen.

„Fynn“, begann ich, ohne zu wissen, was ich genau sagen wollte. „Die letzte Nacht …“

„Ja.“

„… die … die war wirklich unheimlich schön und ich mag dich sehr, sehr gerne. Aber … wir dürfen sie nicht noch einmal wiederholen.“ Die letzten Worte flüsterte ich.

„Das ist mir klar“, sagte Fynn und blickte sich um. „Aber einmal möchte ich dich noch küssen. Nur ein einziges Mal.“ Er fuhr mit einer Hand unter meine Haare und zog mich zu sich heran. Nicht wild und hungrig wie in der letzten Nacht, sondern zart und vorsichtig berührten seine Lippen meine. Und dieser Kuss brach mir das Herz. Jäh wandte ich mich ab und stolperte hinaus. Ich musste weg. So schnell wie möglich. Fahrig zerrte ich den Autoschlüssel aus der Tasche meines Rocks und riss die Tür auf. Ich startete den Wagen und mit quietschenden Reifen schoss er vom Parkplatz.

Obwohl ich vor lauter Tränen kaum etwas sehen konnte, hielt ich erst an, als ich die Brücke, die Miami Beach mit dem Festland verband, erreichte und mir einfiel, dass ich in einer halben Stunde bei Hugh auftauchen musste. Ich ließ meinen Kopf auf das Lenkrad sinken. Was hatte ich getan? Was hatte ich nur getan? Dann holte ich tief Luft, wischte mir die Tränen aus den Augen und setzte den Blinker, um den Wagen zu wenden.

11. Kapitel

Mit Füßen, die sich nur unter großer Kraftanstrengung anheben ließen, betrat ich Hughs ganz in Beige und Mahagoni eingerichtete Wohnung und fing trotz der Wärme der Farben unverzüglich an zu frösteln.

Mein Verlobter erwartete mich bereits. Wortlos zog er mich an seinen schlaksigen Körper. Der Geruch von Mango und Passionsfrucht hüllte mich ein, vermischt mit dem Mentholgeruch seines Atems. Der gleiche Mann, der gleiche Duft. Alles, wie immer und doch ganz anders. Nicht jedoch für Hugh. Seine Lippen suchten meine, bissen sanft hinein, saugten daran. Ich musste mich zwingen, nicht vor ihm zurückzuweichen und mich seinem Kuss hinzugeben. Gerade hatte ich noch Fynns Lippen auf meinen gespürt, nun waren es die von Hugh. Ich kam mir vor wie eine Prostituierte. Mein Gott! Was, wenn er Fynn an mir roch?

„Ich habe dich vermisst", flüsterte Hugh und legte seine Hände fordernd an meinen Po, um mir zu zeigen, wie sehr.

„Wir haben uns doch vorgestern erst gesehen", antwortete ich spröde und hoffte, dass ihm das leichte Zittern in meiner Stimme nicht auffiel.

„Ja." Er rieb seine Hüfte an meiner. „Aber ich habe nicht vergessen, wie heiß du in deiner schwarzen Unterwäsche ausgesehen hast. Dieses verführerische Bild ist mir die ganze Zeit im Kopf herumgespukt."

„Wie ungünstig! Wo du dich doch auf die Fusion konzentrieren musstest." Ich kicherte nervös. Das konnte nur ein schlechter Scherz sein! Wochenlang rührte Hugh mich nicht an, und ausgerechnet heute wollte er mit mir schlafen!

„Jetzt habe ich den Kopf frei und bin ganz für dich da. Das Wasser im Whirlpool ist bereits eingelassen."

„Hattest du letzte Woche nicht vorgeschlagen, einen Bootsausflug zu machen?" Ich nestelte an meinem Zopf. Diese Situation war die Hölle.

„Der Tag ist noch lang." Seine Hand glitt zwischen meine Beine.

Heftiger als beabsichtigt stieß ich ihn fort. „Mit dem verletzten Fuß sollte ich nicht baden."

Hugh fuhr zurück und sah mich gekränkt an. „Was ist mir dir los, Sarah? Ist das die Retourkutsche für Freitagabend?"

„Unsinn. Das Ganze ist längst vergessen. Schau." Ich schlüpfte aus meinem Schuh und zeigte ihm das Pflaster. Dass es wasserfest war, würde ich ihm gegenüber bestimmt nicht erwähnen. „Der Schnitt ist so tief, dass ich ihn zur Sicherheit bis zur Hochzeit tagsüber abgedeckt lasse. Wäre doch ärgerlich, wenn ich in Flip Flops neben dich an den Traualtar treten muss." Bevor Hugh auf die Idee kam, dass der Whirlpool nicht der einzige Ort in der Wohnung war, an dem man Sex haben konnte, griff ich nach seiner Hand. „Außerdem habe ich mich so auf unseren Bootsausflug gefreut. Und ich habe einen Bärenhunger. Lass uns nach Fisher Islands rausfahren und dort etwas im Club Resort essen. Danach haben mir immer noch … jede Menge Zeit."

Doch Hugh ging nicht auf meinen Versöhnungsversuch ein. „Wo warst du übrigens heute Morgen? Ich habe mehrere Male versucht, dich zu erreichen, aber du bist weder ans Handy noch ans Telefon gegangen. Auch dein Vater wusste nicht, wo du bist."

Mein Herz fing heftig an zu klopfen. Hoffentlich hatte Dad nicht bemerkt, dass ich gestern Nacht nicht zu Hause geschlafen hatte. „Ich war bei Lupita und Roselyn. Wir haben zusammen gefrühstückt und sind noch einmal den Ablauf der Hochzeit durchgegangen." Ich blickte Hugh fest in die blauen Augen.

„Dazu haben wir die Hochzeitsplanerin eingestellt."

„Du weißt doch, wie kontrollsüchtig ich bin. Apropos kontrollsüchtig." Trotz meiner Schuldgefühle verlor ich langsam die Geduld. „Denkst du eigentlich nicht, dass es allmählich Zeit wird, dass ich den Zugangscode für dein Apartment bekomme und mich nicht mehr länger wie jeder x-beliebige Gast beim Portier anmelden muss, um zu dir hinauffahren zu können?"

„Nach der Hochzeit. Hatten wir das nicht bereits abgemacht?"

„Und warum?"

„Jeder Mensch hat ein Recht auf ein bisschen Privatsphäre."

„Und nach der Hochzeit brauchst du die nicht mehr?"

„Nein, denn dann bist du meine Frau und wir teilen alles miteinander.“ Bildete ich es mir nur ein oder legte sich bei diesem Satz tatsächlich ein verschlagener Ausdruck über sein Gesicht? Ich spürte, dass ich eine Gänsehaut bekam. Und das lag nicht an der Klimaanlage.

„Können wir jetzt gehen?“, fragte ich, um dieses Gefühl zu verdrängen.

Hugh nickte.

„Ich hoffe, du hast morgen Mittag noch nichts vor“, sagte er auf dem Weg nach unten. „Ich komme in der Kanzlei vorbei. Dein Vater muss einen Kaufvertrag für mich aufsetzen, und ich würde anschließend gerne mit dir zum Essen gehen.“

„Geht es um den Club, wegen dem dich diese Mrs. Jones gestern angerufen hat? Ich wusste gar nicht, dass du dich diesbezüglich schon entschieden hast.“

Hugh winkte ab. „Das habe ich auch nicht, derzeit prüft einer unserer Berater das Unternehmen, aber eine Investition wird sich vermutlich nicht lohnen. Die Zahlen sind zu schlecht. Ich habe ein lukrativeres Objekt gefunden.“

Am Hafen gingen Hugh und ich zur Anlegestelle der Hamiltons und stiegen in einen kleinen Cruiser. Wir fuhren an der Küste entlang, vorbei am palmengesäumten Ocean-Drive mit seinen pastellfarbenen Häusern, den Rollerskate-Mädels und all den braungebrannten Urlaubern und passierten auf unserer Fahrt auch die Apartmentanlage, in der Fynn und Liam wohnten.

Ich zählte die Stockwerke ab, blickte auf den weißgestrichenen Balkon, der einmal um das komplette Haus herumlief, und war froh, dass der Fahrtwind meine Tränen davonblies.

***

Zum Glück war am nächsten Tag das Wochenende vorbei und ich konnte mich wieder in meine Arbeit stürzen, was ich mit Feuereifer tat. Morgens betrat ich als eine der Ersten die Kanzlei, abends blieb ich freiwillig länger. Ich war schon immer ehrgeizig gewesen, doch dieser Arbeitseinsatz war selbst für mich ungewohnt. Jennifer gegenüber, der mein rastloses Treiben auffiel, erklärte ich, dass ich vorarbeiten wollte. Denn in weniger als zwei Wochen würden Hugh und ich in den Flieger steigen und in die Flitterwochen abheben. Da ich bisher die USA noch nie verlassen hatte, hatte ich mir eine Reise nach Europa gewünscht: Zuerst sollte es nach Italien gehen, nach Rom, Verona und Venedig, dann nach Frankreich, wo ein mehrtägiger Aufenthalt in Paris geplant war. Eine Aussicht, die mich letzte Woche noch in Euphorie hatte verfallen lassen, die mir nun aber Magenkrämpfe verursachte. Wie konnte ich mit Hugh zusammen Hand in Hand auf den Eiffelturm steigen, an der Seine entlang wandern, all die kleinen Gässchen der Stadt der Liebe erforschen, wenn ich ihn betrogen hatte? Mit einem Mann, dessen Berührungen ich immer noch spüren konnte?

Auf der Homepage des Clubs hatte ich lediglich ein Foto von Fynn gefunden. Mit freiem Oberkörper und in Bauarbeiterhosen stand er auf der Bühne – mit einer Hand im Schritt ließ er seine Hüften kreisen. Vor ihm ein Meer kreischender Frauen, eine davon war zu ihm hinaufgeklettert und steckte ihm einen Dollarschein in den Hosenbund. Dieses Bild schaute ich mir an, wann immer ich mich unbeobachtet fühlte. Denn es zeigte mir, dass Fynns und meine Nacht nichts weiter als eine Seifenblase war, die im Licht des Tages zwangsläufig zerplatzen musste. Die verrückte Hoffnung eines einsamen Mädchens auf ein Märchen, das im wahren Leben niemals ein Happy End finden würde. *Die Anwältin und der Stripper.* Selbst für einen Hollywoodfilm wäre dieser Stoff zu abgeschmackt.

Die Woche verging, das letzte Wochenende vor der Hochzeit kam. Mein Vater hatte beruflich nach San Francisco reisen müssen und beschlossen, noch ein paar Tage länger dort zu bleiben. Hugh war mit dem Privatjet zu einem Golfturnier in Tampa Bay geflogen. Traurig darüber, dass er mir nicht angeboten hatte, ihn zu begleiten, war ich nicht. Ich konnte weder diesem Sport noch den Leuten etwas abgewinnen, die ihn betrieben – und auch nicht all den geliften Frauen, die auf der Terrasse des Golf Clubs unter blütenweißen Schirmen saßen, an ihren Cocktails nippten und gelangweilt auf die Rückkehr ihrer Männer warteten. Selbst María hatte frei. Als ich gerade beschlossen hatte, den Tag allein am Pool zu verbringen, klingelte mein Telefon.

„Hast du heute schon etwas vor, nena?“, flötete Roselyn.

„Ja, ein Buch lesen und früh schlafen gehen.“

„Du hast also noch nichts vor. Perfecto! Lupita fühlt sich nicht wohl, und ich habe Lust, am Abend ein paar Clubs unsicher zu machen. Cara hat auch keine Zeit.“

Nein, danke!, wollte ich gerade abwehren, doch Roselyn ließ mich nicht zu Wort kommen. „Um halb acht hole ich dich ab.“ Sie legte auf.

Einen Moment dachte ich darüber nach, zurückzurufen und ihr deutlich zu machen, dass sie nicht erwarten konnte, dass alle Welt sprang, wenn sie pfiff. Und ich fand es auch nicht besonders schmeichelhaft, von ihr als Notnagel missbraucht zu werden, aber die Aussicht auf einen einsamen Abend war tatsächlich nicht verlockend, und Roselyn hatte es mit ihrem lockeren Mundwerk bisher stets geschafft, mich aufzuheitern.

Um kurz vor acht stand ich mit einem Sommerkleid und hohen Sandaletten bekleidet vor dem Tor und wartete auf die Schwester meiner besten Freundin. Wie erwartet kam sie zu spät.

„Dass du immer so pünktlich sein musst“, begrüßte mich Roselyn kopfschüttelnd.

Ich lächelte bemüht. „Die Vorbereitungen für den Abend haben bei dir wohl ein bisschen länger gedauert.“

Roselyn war kein Fan des vornehmen Understatements und als angehende Modedesignerin hatte sie ein paar wahrhaft aufsehenerregende Outfits aus ihrer eigenen Kollektion im Schrank hängen, aber der knallrote Lippenstift, ihre Finger- und Fußnägel, die im gleichen Ton lackiert waren, das tiefausgeschnittene schwarze Kleid, kaum länger als ein Gürtel, und die gewagten High Heels waren in dieser Kombination selbst für ihre Verhältnisse ungewöhnlich.

„Frau tut, was Frau kann", entgegnete Roselyn lässig und zündete sich eine Zigarette an, bevor sie den Camaro startete.

„Lupita hat erzählt, dass die Party letzte Woche nicht ganz so verlaufen ist, wie du es erhofft hast", zog ich sie auf.

Ihr Gesicht verfinsterte sich, und sie drückte das Gaspedal durch.

„Ich habe deinen Matt übrigens kennengelernt", fuhr ich fort und hätte mich im nächsten Moment wegen dieser unbedachten Bemerkung ohrfeigen können.

„Wo?" Roselyn riss ihren Kopf zu mir herum, und der Camaro machte einen Schlenker.

„Schau auf die Straße", ermahnte ich sie, weil uns ein Kleinlaster ausweichen musste, der Fahrer wild hupte und uns einen Vogel zeigte.

„Wo habt ihr euch getroffen?", fragte Roselyn noch einmal.

Fieberhaft suchte ich nach einer überzeugenden Erklärung. Ich hatte Lupita das Versprechen abgerungen, mit niemandem über das Gespräch zwischen Fynn und ihr zu sprechen, und hoffte, dass sie sich daran gehalten hatte. Roselyn war nicht gerade für ihre Verschwiegenheit bekannt.

„Sarah!“

„Ich habe kein Taxi mehr bekommen, und einer der Jungs war so nett, mich nach Hause zu fahren“, stieß ich aus. „Ich habe ... meine Handtasche in seinem Auto vergessen und musste am nächsten Tag bei ihm vorbeifahren, um sie abzuholen.“

„Einer der Jungs ... Welcher?“ Anscheinend hatte ihr Lupita tatsächlich nichts von Fynn erzählt.

„Der mit der Rose.“

„Fynn!“ Roselyn pfiff leise durch die Zähne.

„Es war, wie bereits erwähnt, unmöglich, ein Taxi zu bekommen“, wiederholte ich steif.

„Hey, du wirst ja rot.“ Sie knuffte mich in die Seite.

„Ich habe heute Nachmittag zu lange am Pool gelegen.“

„Nein, nein. Mir kannst du nichts vormachen“, sagte sie amüsiert. „Bis vor einer Minute sah dein Teint noch ganz normal aus. Nicht zu fassen, Sarah-Saubermann lässt sich von einem Stripper nach Hause fahren!“

„Hör auf, mich so zu nennen.“ Wieso hatte ich mich nur verplappert?

„Weiß Hugh davon?“

„Nein. Und da du es warst, die mich letzte Woche in den Strip-Club geschleppt hat, weil sich deine Hormone derzeit im Dauer-Alarm befinden, wäre es sehr schön, wenn es dabei bleiben könnte.“

„Claro que sí. Habe ich jemals etwas verraten?“ Roselyn schürzte die Lippen.

Ja, ständig tat sie das. Aber ich hatte keine Lust auf eine weitere Diskussion. „Auf jeden Fall saß dieser Matt bei Fynn und dessen Mitbewohner in der Küche und hat einen Kaffee getrunken“, versuchte ich das Thema in unverfänglichere Bahnen zu lenken. „Ein netter Kerl. Kein Wunder, dass er dein Herz in Brand gesetzt hat.“ Ich blinzelte Roselyn unschuldig an.

„Mein Herz in Brand gesetzt … Wie kitschig! Und denkst du wirklich, dass ich mich in Matt verliebt habe? In einem Stripper?“ Ihre Stimme bekam einen verächtlichen Unterton, doch ich spürte deutlich, dass sie damit nur herunterspielen wollte, wie sehr sie Matts Desinteresse verletzte. „Meine Eltern würden mich töten. Aber der Typ ist heiß. Und ich hätte gerne ein bisschen Spaß mit ihm.“ Sie schien zu ihrem üblichen Selbstbewusstsein zurückgefunden zu haben.

„Roselyn!“ Ich hob gespielt schockiert die Augenbrauen. „Lass das bloß nicht deine *mamá* hören. Und am besten auch nicht, dass neuerdings Frauen zu deinem Beuteschema gehören. Das wusste ich ja gar nicht.“

„Ich vor dem letzten Wochenende auch nicht.“ Roselyn grinste. „Aber es schadet nicht, meine Zeit als Single auszunutzen und ein bisschen herumzuexperimentieren. Verheiratet bin ich später noch lange genug, *chiquita*.“ Sie blies mir den Rauch ihrer Zigarette ins Gesicht.

12. Kapitel

Dieser Einstellung blieb Roselyn auch im Paradise Lost treu. Als der tätowierte Barkeeper mit den Tunnels in den Ohren uns die Drinks über den Tresen schob, verwickelte sie ihn unverzüglich in ein Gespräch. Dabei beugte sie sich vertraulich zu ihm vor und drückte aufreizend die Brüste heraus. Ihre Hand ließ sie wie beiläufig auf seinem Unterarm ruhen. Belustigt beobachtete ich meine Freundin. Hugh hatte sie vor ein paar Wochen als Flittchen bezeichnet. Obwohl ich dieses Wort als sehr hart empfand, musste ich zugeben, dass Hughs Vorwurf nicht völlig aus der Luft gegriffen war. Bisher hatte Roselyn in keiner ihrer Beziehungen treu sein können. Und mit vierundzwanzig war sie noch immer das gleiche aufsässige Kind, das sich, ohne zu fragen, nach Lust und Laune an Lupitas und meinen Barbiepuppen bediente, ihnen die Köpfe verdrehte und Gliedmaßen herausriss, um sie dann achtlos auf den Boden zu werfen.

Aber durfte ich es mir anmaßen, ein solches Urteil über sie zu fällen? Roselyn war immerhin Single. Ich hob die Hand, um die Aufmerksamkeit des Barmanns von ihrem Ausschnitt weg auf mich zu lenken. „Einen Mojito, bitte!"

Nachdem ich auch die folgenden zwei Cocktails schweigend getrunken hatte, und nichts, was Roselyn sagte oder tat, es schaffte, mir ein Lächeln oder zumindest einen Satz, der aus mehr als drei Worten bestand, zu entlocken, winkte meine Freundin den Barkeeper seufzend zu sich heran und bezahlte unsere Getränke. „Das hat so einfach keinen Zweck mit dir, Sarah. Du bist eine richtige Miesmuschel. Lass uns ein Taxi rufen und diesen trostlosen Abend beenden.“ Sie ergriff ihre Handtasche und stand auf.

Auf der Straße wurden wir fast von einer Traube Skandinavierinnen über den Haufen gerannt. Sie konnten kaum älter als zwanzig sein und hatten sich mit High Heels, knappen Miniröcken und tief ausgeschnittenen Tops aufgetakelt. Kichernd und plappernd bogen sie um die Ecke, und Roselyn warf mir einen vielsagenden Blick zu. „Zehn Dollar dafür, dass ich errate, wohin die blonden Mäuschen wollen?“

„Das ist ja wohl auch nicht schwer.“ Ich ging ungerührt weiter.

Roselyn griff nach meinem Handgelenk. „Was hältst du davon, wenn wir dort noch kurz vorbeischauen?“ Sie riss ihre dunklen Kulleraugen auf, als wäre ihr diese Idee gerade erst gekommen.

Lächelnd schüttelte ich den Kopf. Meine Freundin war so leicht zu durchschauen. „Die Miesmuschel hat für heute geschlossen.“

„Ach, vamos, jetzt sei keine Spielverderberin! Letzte Woche hatten wir eine Menge Spaß. Und die Jungs sind so heiß. Bei den Temperaturen muss sich doch selbst die Schale der miesepetrigsten Miesmuschel öffnen.“ Sie klimperte mit ihren Wimpern.

„Damit du mir wieder diesen Arzt auf den Hals hetzt? Nein, danke“, spielte ich meinen Joker aus.

„Wie oft soll ich mich deswegen noch bei dir entschuldigen?“ Roselyn zog einen Flunsch. „Ich konnte schließlich nicht wissen, dass der Kerl dich gleich auf die Bühne tragen lässt. Um Buße zu tun, wäre ich auch dazu bereit, mich dieses Mal als Patientin zu melden.“

Wider Willen musste ich bei dieser Vorstellung lachen.

Roselyn fing den Ball sofort auf. „Du kommst also mit.“ Ihre Augen blitzten.

„Das habe ich nicht gesagt.“

„Jetzt zier dich nicht so!“, bettelte sie. „Es ist erst zehn. Wir sind doch keine alten viejitas.“

Ich merkte, dass ich schwach wurde. Die Aussicht, Fynn noch einmal zu sehen, war verlockend. Mit einem letzten Hauch von Vernunft warf ich ein: „Ich komme aber nur mit, wenn du mir versprichst, dass wir uns ausschließlich im hinteren Bereich des Clubs aufhalten und dass du nichts tust, um die Aufmerksamkeit irgendeines Strippers auf uns zu ziehen.“

„So scharf, wie ich aussehe, wird sich das nicht vermeiden lassen. — Das war ein Witz!“, beschwichtige sie mich, als sie meine zusammengezogenen Augenbrauen bemerkte. „Ich werde brav sein, versprochen! Können wir jetzt gehen?“

Ich nickte stumm. Genauso musste sich eine Biene fühlen, die um ein Glas Limonade herumschwirrte. Den Untergang vor Augen, aber zu schwach, sich gegen die süße Verlockung zu wehren.

Wir reihten uns hinter den Skandinavierinnen in die Schlange ein und betraten zehn Minuten später den Diamond Club. Wie auch beim letzten Mal brauchte ich ein paar Sekunden, um mich an das Funkeln und Glitzern in seinem Inneren zu gewöhnen. Millionen winziger Lichter ließen die Wände erstrahlen und spiegelten sich auch im Kristallglas der gebogenen Bar wieder. Durch Blenden verdeckte Neonröhren tauchten den Raum in ein gedämpftes blaues Licht, an dessen Stirnseite sich durch Vorhänge abgetrennte Sitznischen aneinander kuschelten. Obwohl deren schwarze Lederbänke viel bequemer aussahen als die harten Stühle, die sich um die runden Tische in der Mitte des Clubs gruppierten, waren sie nur spärlich besetzt. Die meisten Frauen hielten sich lieber in der Nähe der Bühne auf und hofften wohl, in den Genuss einer exklusiven Sondervorstellung zu kommen. Auf die konnte ich nach meiner letzten unfreiwilligen Einlage jedoch sehr gut verzichten. Ich nahm die protestierende Roselyn an der Hand und zog sie in eines der Séparées.

„Hier sieht man die Show ja überhaupt nicht richtig", beschwerte sie sich.

„Denk dran, was du mir versprochen hast", entgegnete ich unnachgiebig und setzte meine Brille auf. „Außerdem kennst du das Programm mittlerweile bestimmt in- und auswendig."

Tatsächlich begann die Show genauso wie am letzten Wochenende auch. Der attraktive Mr. D wies die weiblichen Gäste darauf hin, dass sie heute einen Abend erleben durften, von dem sie ihren Nachkommen mit Sicherheit niemals erzählen würden, nur wenige Sekunden später schlenderten die Diamond Guys in ihren Bauarbeiter-Monturen auf die Bühne.

„Ich hätte das Opernglas meiner Mutter mitnehmen sollen“, hörte ich Roselyn seufzen, aber ich beachtete sie nicht. Wie gebannt hing mein Blick an Fynn. Breitbeinig stand er in der ersten Reihe, das Gesicht durch den Schirm seines Helmes weitestgehend verdeckt. Voll Sehnsucht betrachtete ich ihn. Wie attraktiv er doch war! Seine gebräunte Haut, unter der sich einzelne Muskelstränge deutlich abhoben, der breite Brustkorb, die schmalen Hüften, die sich im Takt der Musik zu bewegen begannen und deren Anblick kleine Stromstöße durch meinen Körper schickte.

„Was ist mit dir?“, fragte Roselyn. „Bringt das Geschehen auf der Bühne dein kühles Blut in Wallung?“

„Natürlich nicht“, wies ich ihre Vermutung von mir. „Ich muss nur mal auf die Toilette.“

Aufgewühlt stand ich auf und bahnte mir meinen Weg nach draußen, wo ich mich erleichtert gegen die Hauswand sinken ließ und gierig die frische Nachtluft einatmete. Wenn ich gleich bei der ersten Nummer derart aus dem Häuschen geriet, wie sollte ich nur den Rest des Abends überstehen? Erst als ich gedämpften Applaus vernahm und mir sicher sein konnte, nicht sofort wieder mit Fynns nacktem Körper konfrontiert zu werden, ging ich hinein. Auf der Bühne schälte sich gerade der Stripper mit dem komplett tätowierten Oberkörper aus einem Roboterkostüm. Nachdem er die steifen grauen Metallteile von sich geworfen und nur noch im winzigen String bekleidet hinter der Bühne verschwunden war, kam der unverschämte Rick heraus, der mir von seinem Auftritt vor dem Club viel einprägsamer in Erinnerung geblieben war als von seiner Show, ihm folgte Roselyns Matt, der dieses Mal ganz unbelästigt von ihr den Feuerwehrschlauch schwingen durfte. Erst als der blonde Ken im Arztkittel erschien, wurde mir etwas mulmig zumute. Dieses Mal musste er jedoch nicht lange nach seiner Patientin Ausschau halten, denn eine dickliche Frau mit biederem Haarschnitt und Perlenkette mimte zur Begeisterung ihrer ebenso hausbacken aussehenden Begleiterinnen einen Ohnmachtsanfall und ließ sich dramatisch in seine Arme sinken. *Dr. Feelgoods* Knie sackten aufgrund ihres Gewichts ein, und seine enttäuschte Miene hätte mir garantiert ein hämisches Grinsen entlockt, wäre ich nicht so furchtbar aufgeregt gewesen. Denn danach war Fynn an der Reihe.

Der wartete dieses Mal brav ab, bis die korpulente Frau die Sahne vergnügt von Kens Brust geschleckt hatte, und begann erst dann seinen Auftritt. Mein Herz krampfte sich schmerzhaft zusammen, als Fynn mit einer Rose in der Hand eine der kreischenden Skandinavierinnen auf die Bühne holte. Und die ging gleich in die Offensive. Sichtlich entzückt von Fynn legte sie ihre Arme um seine Taille und pressten ihren Unterleib fest an seinen. Die Lippen nur wenige Zentimeter voneinander entfernt, sahen Fynn und sie sich tief in die Augen, während sich ihre Becken zu den Klängen von *Me and Mrs. Jones* miteinander bewegten. Minutenlang. Zumindest kam es mir so vor.

Und die Bewegungen der beiden wurden immer ekstatischer. Immer wieder glitten die Hände der Blondine unter Fynns Shirt und zogen es ihm schließlich aus. Dann ließ sie ihr eigenes Top folgen und stand nur noch im BH vor ihm. Aufreizend warf sie den Kopf zurück, wölbte ihre kaum verhüllten Brüste vor und ließ ihre langen Haare über den nackten Rücken fallen, um ihrem Tanzpartner noch tiefere Einblicke zu gewähren. Ich warf Roselyn einen schnellen Seitenblick zu. Beim letzten Mal war die Nummer komplett anders abgelaufen. Sollte das Mädchen nicht schon längst auf seinem Stuhl sitzen? Aber meine Freundin nippte bloß mit unbeteiligtem Gesicht an ihrem Mineralwasser. Sie schien das zügellose Treiben auf der Bühne kalt zu lassen. Mir jedoch wurde schlecht.

„Es wird Zeit, dass ich nach Hause fahre." Ich stand so jäh auf, dass Roselyn mich entgeistert ansah.

„Jetzt schon? Die Show ist noch lange nicht zu Ende."

„Aber es wird überhaupt nichts Neues gebracht." Ich imitierte ein Gähnen und vermied dabei bewusst den Blick in Richtung Bühne.

„Sarah!" Roselyn klimperte mit ihren roten Krallen auf dem Tisch herum. „Ich sitze hier mit dir im letzten Winkel des Clubs, verhalte mich wie eine Klosterschülerin und trinke sogar die ganze Zeit nur Wasser", anklagend schaute sie auf die fast leere Flasche vor uns, „und nun willst du mir nicht einmal den Gefallen tun und bis zum Schluss bleiben? Eine wunderbare Freundin bist du."

Sie hatte recht. Ich verhielt mich ihr gegenüber nicht fair, aber Fynn mit dieser aufgegeilten Blondine zusammen zu sehen, ging mir gehörig gegen den Strich. „Kommst du mit, oder soll ich mir allein ein Taxi rufen?“

„Ich bleibe hier.“ Demonstrativ winkte Roselyn der blonden Bedienung mit dem Pferdeschwanz zu und bestellt eine Flasche Champagner.

„Ich mache es wieder gut, versprochen!“ Ich küsste sie auf die Wange. „Wenn die Hochzeit erst vorbei ist, und Hugh und ich aus den Flitterwochen zurückgekommen sind, wird wieder mehr mit mir anzufangen sein.“

Ungnädig wedelte Roselyn mit ihrer Hand und demonstrierte mir durch diese Geste deutlich, dass ich meine Handtasche packen und verschwinden sollte.

Mit schlechtem Gewissen schob ich mich an den Sitznischen vorbei in Richtung Ausgang, doch lautes Gejohle ließ mich innehalten. Nur wenige Meter entfernt von mir hatte sich der Neandertaler aufgebaut. Dieses Mal jedoch nicht mit Fellen und Lederstücken bekleidet, sondern im Cowboy-Outfit. Auch in allen anderen Ecken des Clubs standen auf einmal Cowboys und ließen ihre Lassos zu den Klängen von Will Smiths *Wild West* über ihren Köpfen kreisen. Diese Nummer war neu, soviel stand fest. Und angesichts der wirbelnden Schlinge schwante mir nichts Gutes. Unwillkürlich wich zurück, aber zum Glück passierte mich Rick unbeachtet. Ich atmete auf. Zumindest dieser Kelch war an mir vorbeigegangen. Eilig setzte ich meinen Weg fort. Doch ich kam nicht weit, denn ein anderes Lasso fiel knapp neben mir zu Boden. Es legte sich um eine Frau mit knallroter Brille und ebenso roten Lippen, die überrascht quiekte, und am Ende des Seiles stand — Fynn. Erschrocken taumelte ich einen Schritt zurück und stieß so heftig gegen ihre Tischnachbarin, dass ich mich fast auf deren Schoß gesetzt hätte. Auch Fynns Gesichtszüge verrutschten. Jedoch nur kurz, dann schlenderte er in lässiger Cowboy-Manier und mit aufreizendem Gesichtsausdruck auf die Frau zu. „Was machst du denn hier?“, zischte er mir die gleiche Frage zu wie auch bei unserer letzten Begegnung. Dieses Mal allerdings mit einem genervten Unterton in der Stimme.

„Ich sehe mir die Show an. Ist das etwa verboten?“, entgegnete ich schnippisch und fuhr fort: „Vorhin blond, nun schwarz. Man kann wirklich nicht behaupten, dass du in deinem Job zu wenig Abwechslung bekommst.“

„Was soll das, Sarah?“ Fynn zog mich kraftvoll zu sich heran, sodass es aussah, als würde wir miteinander tanzen.

„Was soll was?“ Ich stemmte die Hände gegen seine Brust, um so viel Abstand wie möglich zwischen uns zu bringen. Aber Fynn lockerte seinen Griff keinen Millimeter.

„Warum tauchst du hier auf und machst mir Vorhaltungen? Du bist es doch, die nächste Woche heiratet, nicht ich.“

„Darum geht es doch gar nicht.“

„Um was geht es dann?“ Sein Atem kitzelte an meinem Ohr.

„Vergiss es.“ Mit aller Kraft stieß ihn weg, und dieses Mal ließ er mich los.

„Nach der Nummer habe ich eine halbe Stunde frei. Geh an der Bühne links vorbei zu der schwarzen Tür. Dort hole ich dich ab. Wir müssen miteinander reden“, sagte er leise, aber bestimmt.

„Ich wüsste beim besten Willen nicht, worüber“, wollte ich gerade erwidern, da hatte er sich schon abgewandt und ging hüftkreisend auf die dunkelhaarige Frau zu.

Wütend rannte ich, ohne nach rechts oder links zu schauen, nach draußen. Ein Taxi fuhr am Club vorbei, und ich wedelte mit der Hand, um zu signalisieren, dass es mich mitnehmen sollte, doch der Taxifahrer schüttelte bedauernd den Kopf. Verdammt!

„Kann ich Ihnen helfen?“, fragte der Türsteher mit barscher Stimme. Ich wich einen Schritt vor ihm zurück. Er war riesig und eine dunkle Sonnenbrille bedeckte einen Großteil seines Gesichts.

„Nein, danke“, stotterte ich. Mit zittrigen Beinen hastete ich in den Club zurück. Aufgrund meiner angespannten Nerven sah ich mich außerstande, mit diesem unfreundlichen, unheimlich aussehenden Menschen allein auf dem Parkplatz zu stehen und auf ein Taxi zu warten. Zumindest sagte ich mir in diesem Augenblick, dass das der Grund für meine übereilte Rückkehr war, aber als ich Fynn und seine Mittänzer durch den Vorhang die Bühne verlassen sah, ging ich natürlich nicht zu Roselyn, sondern wurde wie von Magnetstrahlen zu einer schwarzen Tür im hinteren Bereich des Clubs gezogen.

„Na, Pferd eingeritten?", fragte ich Fynn, als er endlich, mit Jeans und dunkelblauem Shirt bekleidet, vor mir stand.

Statt einer Antwort zog er mich in einen Gang, von dem rechts und links mehrere Türen abzweigten, und der von einer einzigen Glühbirne in spärliches Licht getaucht wurde. Die Tür fiel hinter uns ins Schloss.

„Warum bist du sauer auf mich, Sarah?" Er verschränkte die Arme vor der Brust.

„Sauer?" Ich lachte auf. „Warum sollte ich sauer auf dich sein? Ich habe mich nur gefragt, ob die exklusive Behandlung, die ich letztes Wochenende genießen durfte, vielleicht doch nicht ganz so exklusiv ist, wie du vorgegeben hast."

Fynn zog die Augenbrauen zusammen.

„Oh nein, Sarah, ich habe seit drei Monaten mit keiner Frau mehr geschlafen. – Na, fällt der Groschen?"

„Es ist länger her", entgegnete er ruhig. „Vor drei Monaten habe ich mich testen lassen."

„Natürlich", sagte ich höhnisch. „Und ich habe dir diese Ich-habe-die-Richtige-bisher-leider-noch-nicht-gefunden-Nummer auch abgekauft, bis ich dich vorhin auf der Bühne in Aktion erlebt habe. Ein Wunder, dass du die blonde Schwedin nicht direkt vor den Zuschauern vernascht hast."

„Glaubst du wirklich, dass ich darauf irgendetwas erwidere?" Allmählich sah auch Fynn wütend aus. „Ich verstehe nicht, warum du hergekommen bist.

Du bist verlobt. Und du warst es, die gesagt hat, dass unsere gemeinsame Nacht die Ausnahme bleiben muss."

„Ich heirate in einer Woche. Was erwartest du?", fuhr ich ihn an.

„Ich erwarte überhaupt nichts von dir. Aber du scheinst etwas von mir zu erwarten, sonst würdest du nicht so ausflippen, nur, weil ich meinen Job erledige. Soll ich während der Show angezogen bleiben und allen Frauen auf die Finger hauen, die sich mir nähern? Nicht jeder hat einen reichen Dad, der einen mit Geld überschüttet. Es gibt Menschen, die für ihren Lebensunterhalt arbeiten müssen."

Aus dem hinteren Bereich des Ganges näherten sich Schritte und ich hörte den Clubbesitzer schon, bevor ich ihn sah.

„Wir sprechen nach der Show darüber, Troy", sagte er unwillig. „Ich habe jetzt keine Zeit. In ein paar Sekunden muss ich raus auf die Bühne. Und du siehst zu, dass du Land gewinnst und dich ebenfalls auf deinen nächsten Auftritt vorbereitest."

„Aber ich kann unter diesen Bedingungen nicht arbeiten, Boss", beschwerte sich jemand, den ich unschwer als *Dr. Feelgood* identifizieren konnte.

Im gleichen Augenblick packte mich Fynn hart am Oberarm. Er riss eine Tür auf und zerrte mich in einen dunklen Raum.

„Spinnst du?", japste ich erschrocken auf. „Du tust mir weh."

„Pssst", flüsterte Fynn, lockerte jedoch sofort seinen Griff. „Mr. D! Wenn er uns hier sieht, kann ich meine Sachen packen und gehen. Gäste haben hinter der Bühne nichts zu suchen."

„Das hättest du auch verdient." Ich rieb mir meinen Arm. „Bestimmt bekomme ich morgen einen blauen Fleck."

Fynn entgegnete nichts, aber anhand seines Körpers, der viel zu nah an meinem war, konnte ich seine Anspannung deutlich spüren. Also hielt auch ich den Mund und wartete mit angehaltenem Atem darauf, dass sich die Schritte entfernten, die Stimmen leiser wurden und schließlich verstummten.

„Das war knapp." Fynn sackte in sich zusammen.

„Könntest du jetzt bitte ein Stück zurücktreten?" Ich versuchte, ihn wegzuschieben.

Fynn räusperte sich. „Gerne, aber ich weiß nicht, wohin."

Ich blickte mich um. Allmählich hatten sich meine Augen an die Dunkelheit gewöhnt und ich konnte zumindest einige Gegenstände anhand ihrer Umrisse ausmachen. Tatsächlich. Hinter Fynn stand ein hoher Schrank. Daneben etwas, was wie ein riesiger Staubsauger aussah. Mehrere Eimer und Schrubber.

„Du hast mich in eine Besenkammer geschleppt?"

„Es war die nächste Tür", verteidigte er sich. „Und es hätte verdammt viel Ärger gegeben, wenn uns D. erwischt hätte."

„So viel hat dir an dem Gespräch mit mir also gelegen, dass du deinen Job für mich riskiert hättest?"

„Ja", sagte Fynn gepresst. „Verdammt! Weißt du, wie oft ich seit der letzten Woche an dich denken musste? An dich – und an das, was du mit mir gemacht hast."

Ich zuckte zusammen. Mit dieser Antwort hatte ich nicht gerechnet. Plötzlich pochte mein Herz viel zu fest und viel zu schnell. Oder war es das von Fynn? Wir standen so nah beieinander. Sein Brustkorb lag schwer auf meinem. Instinktiv suchten meine Augen seinen Mund, aber in der Dunkelheit konnte ich sein Gesicht nicht deutlich erkennen, spürte lediglich seinen Atem warm über meine Wange streifen.

Mit einem letzten Rest Gegenwehr stieß ich ihn von mir. „Ach! Du hast an mich gedacht! Komisch, wo ich doch für dich nicht mehr als eine verwöhnte Tussi bin, die sich von Dad aushalten lässt und nichts leisten muss in ihrem Leben."

„So habe ich das überhaupt nicht gemeint", protestierte er.

„Doch. Genauso hast du es gemeint. Und du hast es auch so gesagt. Aber es ist unfair, mir Faulheit vorzuwerfen, nur weil mein Vater vermögend ist." Meine Stimme zitterte, denn Fynn hatte mich an einem wunden Punkt getroffen. „Ich bin Anwältin." Und ich setze mich ehrenamtlich für Flüchtlinge ein, hätte ich gerne noch hinzugefügt. Es erschien mir jedoch zu schäbig, diese Menschen dazu zu missbrauchen, Fynn klar zu machen, dass ich nicht das Luxusweibchen war, für das er mich ganz offensichtlich hielt. „Ich arbeite also genauso wie du. Nur dass ich für mein Geld ein wenig mehr leisten muss, als mir die Kleider vom Leib zu reißen", fügte ich provozierend hinzu, bedauerte diese unbedachte Bemerkung jedoch sogleich, denn Fynns Körper verspannte sich.

„Das ist also deine Meinung von mir? Du denkst wirklich, dass ich nicht mehr auf dem Kasten habe, als mit dem Hintern zu wackeln und mich auszuziehen?“, fragte er mit gefährlich ruhiger Stimme.

„Ja … Nein … Ich weiß natürlich, dass du vorhast, Medizin zu studieren“, entgegnete ich unsicher. „Du hast meine Wunde perfekt verarztet … Es ist also nicht so, dass …“

Fynn verschloss meine Lippen mit einem Kuss, und vor Überraschung knickten meine Knie ein.

„Wenn meine Performance für dich bisher wirklich so ungenügend war“, murmelte er gegen meinen Mundwinkel, „dann werde ich dir wohl beweisen müssen, dass ich einen draufsetzen kann.“

Er küsste mich noch einmal. Hart und hungrig. Und mit dieser erneuten Berührung unserer Lippen verabschiedete sich mein Verstand. Gierig erwiderte ich seine Küsse. Meine Gedanken badeten im Nebel, aber mein Körper war hellwach, nahm jede Bewegung von Fynn überdeutlich wahr. Sein Knie zwischen meinen Beinen, seine Hände, die sich unter mein Kleid tasteten, – und dort überrascht innehielten, als sie auf Stoff stießen.

„Dieses Mal so züchtig, Frau Anwältin?“ Fynn lachte leise auf.

„Natürlich. Bis du mich in diese Besenkammer gelockt hast, war ich ein ehrenwertes Mädchen, und …“

Zu mehr kam ich nicht, denn Helligkeit durchflutete den kleinen Raum.

„Na, wen haben wir denn da!“

13. Kapitel

Überrascht sah uns der Stripper mit dem tätowierten Oberkörper an, bevor sich ein breites Grinsen über seine verdutzte Miene schob.

„Fynn, das hätte ich dir gar nicht zugetraut. Aber die stillen Wasser sind ja bekanntlich die tiefsten. Hübsche Braut." Er musterte mich ungeniert von oben bis unten. Wie peinlich! Wie unfassbar peinlich! Fahrig zerrte ich den Saum meines Kleides hinunter und spürte, wie Flammen über meine Haut rasten.

Auch Fynn befand sich in einer Art Schockstarre. Erst als sein Kollege in der Hosentasche herumkramte und ihm etwas in die Hand drückte, kam wieder Leben in ihn.

„Was ist das?" Er starrte auf den pinkfarbenen, daumenlangen Gegenstand.

„Ein Mini-Vibrator", antwortete der Stripper ungerührt. „Nur für den Fall, dass meine kleine Unterbrechung deine Standfestigkeit beeinträchtigt hat. Die Lady soll schließlich auf ihre Kosten kommen."

„So etwas trägst du mit dir herum? Dein Vertrauen in deine männlichen Fähigkeiten ist wirklich sehr bescheiden." Fynn schien seine Fassung wiedergefunden zu haben.

„Mein Vertrauen in sie ist unerschütterlich. Der Vibrator ist nur ein Werbegeschenk. Von Giselle. Sie schwört auf diese Dinger.– Ach ja! Jetzt hat mich euer erotischer Anblick so stark abgelenkt, dass ich das Wichtigste fast vergessen hätte." Er trat einen Schritt in die Kammer und nahm Eimer und Putzlappen aus dem Regal. „Troy ist auf Angelos Bräunungscreme getreten. Hat ′ne Riesenschweinerei verursacht." Er zwinkerte uns noch einmal zu und war im nächsten Moment verschwunden.

Fassungslos starrte ich ihm ein paar Sekunden hinterher.

„Wer war das?", fragte ich, als ich mich wieder einigermaßen gefangen hatte.

„*Snake*. Ich meine, Jared. *Snake* ist sein Bühnenname."

„Er scheint ziemlich schräg drauf zu sein."

„*Snake* ist in Ordnung. Und abgesehen von Liam wüsste ich niemand, von dem ich mich lieber in dieser Putzkammer erwischen lassen würde." Fynn reichte mir den Mini-Vibrator. *The Venus Club* war auf dessen Metallhülle graviert. „Ich nehme nicht an, dass der noch zum Einsatz kommen soll."

„Nein, danke. Momentan ist mir nicht danach. Aber ein anderes Mal gerne", antwortete ich lächelnd und ließ den Vibrator in meiner Tasche verschwinden.

„Wann? Nach der Show?"

Ich schluckte. „Um halb drei bei dir?"

„Ich weiß nicht … Liam … Ich bin mir nicht sicher, ob er heute Nacht wieder bei Rayne schläft."

„Dann warte ich an deinem Wagen auf dich, und wir fahren zu mir. Mein Vater ist übers Wochenende nach San Francisco geflogen."

„Bist du sicher, dass du das willst?" Fynn sah mich ernst an.

Schnell verschloss ich seine Lippen mit einem Kuss. „Ja, ich bin mir sicher.“ Ein letztes Mal noch. Ein allerletztes Mal. Und dann würden wir endgültig damit abschließen. Ich gab ihm einen Klaps auf die Schulter. „Und jetzt schau, dass du wieder auf die Bühne kommst. Schließlich soll mir für mein Geld etwas geboten werden.“

***

Von der Show bekam ich jedoch nicht mehr viel mit. Ich war zu sehr damit beschäftigt, Roselyn zu beobachten, die sich ein Glas Champagner nach dem anderen einschenkte, und gelangweilt auf ihrem Handy herumtippte. Nur während Matts Solonummer löste sie ihre Augen vom Display und schenkte dem Geschehen auf der Bühne ihre ungeteilte Aufmerksamkeit. Allerdings mit eher düsterer Miene. Die Tatsache, dass ich sie allein im Club sitzen gelassen hatte, schien sie immer noch zu wurmen. Einmal schweiften Roselyns Blicke in meine Richtung und blieben verdächtig lange auf dem Pfeiler ruhen, hinter dem ich saß, doch sie stierte lediglich glasig vor sich hin, und ihre Gedanken schienen weit weg zu sein. Ich atmete aus. Nicht auszudenken, wenn sie mich entdecken würde. Natürlich hätte ich woanders hingehen können. Aber die Aussicht, allein in einer Bar zu sitzen, erschien mir genauso wenig verlockend, wie stundenlang vor Fynns Apartment auf ihn zu warten, und so harrte ich aus.

Erst nachdem sich Mr. D und seine Jungs verabschiedet hatten, schlüpfte ich nach draußen und machte mich auf den Weg zum Ocean Drive. Ein Cabrio, in dem fünf Jungs saßen, fuhr an mir vorbei. „Hey, Blondie, Lust auf eine Nacht, die du niemals vergessen wirst?“, rief mir einer von ihnen zu, und seine Kumpels pfiffen und johlten beifällig.

„Ja, aber nicht mit dir“, murmelte ich.

Eine schwarze Limousine mit abgedunkelten Scheiben drängte sich viel zu dicht an mir vorbei. Erschrocken sprang ich zurück. Meine Nerven waren zum Zerreißen gespannt. In jedem Wagen, hinter jeder Ecke glaubte ich Hugh oder einen gemeinsamen Bekannten zu sehen, und ich konnte das Gefühl, beobachtet zu werden, auch dann nicht abschütteln, als Fynn eine Viertelstunde später völlig außer Atem vor mir auftauchte.

„Es ging nicht schneller“, keuchte er und schloss mich in die Arme.

„Lass uns fahren!“, drängte ich, konnte aber abgesehen von einem Pärchen, das eng umschlungen auf der gegenüberliegenden Straßenseite an uns vorbeischlenderte, niemanden entdecken.

Fynn schloss den Mustang auf und erleichtert stieg ich ein. Doch auch auf unserem Weg nach Coral Gables ließ sich mein Verfolgungswahn nicht abschütteln, und ich drehte mich immer wieder um.

„Ist etwas mit dir?“, fragte Fynn.

Ich verneinte. Es wäre mir albern vorgekommen, ihn mit meiner Paranoia zu belästigen.

Statt auf das Geschehen außerhalb des Wagens versuchte ich mich lieber auf Fynns Hände zu konzentrieren. Die eine lag lässig auf dem Lenkrad, die andere auf dem Schaltknüppel, und allein die Vorstellung, sie bald überall auf meinem Körper zu spüren, sorgte dafür, dass es mir heiß den Rücken herunterlief.

Fynn bemerkte meine Blicke und lächelte mich an. Unsere Finger verflochten sich, und wieder einmal wurde mir schmerzlich bewusst, wie wohl ich mich in seiner Gegenwart fühlte. So wie zwischen ihm und mir sollte es zwischen zwei Menschen sein, nicht so wie zwischen Hugh und mir …

Das Tor, das unsere Villa vor Eindringlingen und neugierigen Blicken schützte, tauchte auf. Ich stieg aus dem Wagen, um den Sicherheitscode einzugeben und atmete aus, als wir die Pforte passierten und sich deren Flügel hinter uns wieder geschlossen hatten. Sofort fühlte ich mich sicher.

Ich liebte unser Haus. Seine geschwungenen Formen, die vielen Erker, die bodentiefen Fenster, seine zartgelbe Farbe, die mir immer so warm und einladend vorgekommen war. Doch als ich Hand in Hand mit Fynn den weitläufigen Eingangsbereich betrat, der durch eine Tür mit Buntglasscheiben in einen noch viel größeren Salon führte, kam mir das Anwesen meines Vaters auf einmal viel zu protzig vor. Und ich wollte gar nicht darüber nachdenken, was Fynn wohl von mir halten würde, wenn er bemerkte, dass es sieben Schlafzimmer gab. Von denen nur zwei bewohnt wurden. Bald nur noch eins. Ich schluckte diesen Gedanken herunter. Nur nicht darüber nachdenken, wo ich mich in einer Woche befinden würde, denn diese eine Nacht wollte ich unbedingt genießen. Schließlich musste die Erinnerung daran ein Leben lang halten.

Ich atmete noch einmal tief durch und öffnete dann die Schiebetür, die zur Terrasse hinausführte. Vor dem sanft schimmernden Pool blieb ich stehen und legte die Arme um Fynns Taille. „Weißt du, wovon ich schon seit dem letzten Wochenende träume?", fragte ich leise und schob meine Hände unter sein Shirt, strich über seine warme Haut.

Fynn zog mich eng an sich und legte seine Stirn auf meine. „Dir spukt diese Fesselfantasie immer noch im Kopf herum, nicht wahr?" Er grinste.

„Du kennst mich wirklich so gut." Auch ich musste lachen. „Leider sind Ketten, Kabelbinder und Seile in diesem Haus gerade aus, und deshalb würde es mir vollkommen genügen, mit dir noch einmal nackt zu schwimmen." Ich hauchte ihm einen Kuss auf die Lippen und, ohne meinen Blick von seinen zu lösen, streifte ich mir die Träger meines Sommerkleides von den Schultern.

Für einen Augenblick zögerte ich, bevor ich fortfuhr, mich auszuziehen. Zu negativ war mir mein letzter Stripversuch in Erinnerung geblieben, doch im Gegensatz zu Hugh war Fynn alles andere als desinteressiert. Im Gegenteil! Gebannt verfolgte er jede meiner Bewegungen, und seine Augen strichen wie Hände über meinen Körper. Meine Brustwarzen richteten sich auf, so dass sie unter der dünnen Spitze des BHs deutlich zu sehen waren und ich mein Unterleib zog sich lustvoll zusammen. Doch ich wollte diesen süßen Moment der Vorfreude noch ein wenig auskosten. Langsam schob ich mein Kleid von der Hüfte, meinen Blick immer noch fest mit dem von Fynn verhakt, und mit einem knisternden Geräusch fiel es zu Boden. Nur noch in Spitze und High Heels bekleidet stand ich vor ihm.

„Gefällt dir, was du siehst?" Ich schenkte ihm einen lasziven Augenaufschlag und war selbst über mein forsches Auftreten überrascht.

Fynns schwerer Atem war Antwort genug. Seine Erektion drängte sich deutlich gegen die eng anliegenden Jeans, und ich konnte es kaum erwarten, sie erneut mit meinen Fingern zu umschließen. Er trat einen Schritt an mich heran, doch ich schüttelte streng den Kopf. „Erst bist du an der Reihe, *Gentleman*."

Gehorsam zog Fynn sich das Shirt über den Kopf.

„Wie? Ist das schon alles? Ein schnödes Ausziehen", spottete ich. „Du bietest mir keine besondere Showeinlage?"

„Die bekommst du im Pool." Seine Hände schossen so schnell nach vorne, dass ich keine Möglichkeit mehr hatte, zurückzuweichen. Im nächsten Moment brachen kühle Wassermassen über meinem Kopf zusammen.

„Du hättest mich wenigstens noch meine Schuhe ausziehen lassen können", japste ich, nachdem ich wieder Luft bekommen und mir die nassen Haarsträhnen aus dem Gesicht gestrichen hatte.

Doch Fynn hatte sich bereits seiner Jeans, Boxershorts und Turnschuhen entledigt und war mir mit einem eleganten Kopfsprung gefolgt. Prustend tauchte er neben mir auf, während ich unter Wasser versuchte, die Riemchen meiner Sandaletten zu öffnen.

„Darf ich dir behilflich sein?“ Er tauchte erneut unter und schaffte es mühelos meine Fesseln von den lästigen Schuhen zu befreien. Ordentlich stellte er die High Heels nebeneinander auf dem Rand des Pools ab.

„Dein armer Mitbewohner“, neckte ich ihn. „Du schaffst es wirklich nicht, auch nur die geringste Kleinigkeit herumliegen zu lassen.“

„Ich mag es eben gerne sauber und adrett.“

„Auch beim Sex?“

Fynn erwiderte meinen Blick ungerührt. Ein süffisantes Lächeln erschien auf seinem Gesicht. „Sag du es mir?“ Mit einem schnellen Griff packte er mich an der Taille und zog mich so eng an sich heran, dass ich deutlich seine Erregung an meiner Scham spürte. Für einen Moment kam mein Herzschlag ins Stolpern und mein ohnehin schon flacher Atem wurde zu einem Seufzen. Ich schlang meine Beine um Fynn und begann mein Becken gegen seins kreisen zu lassen. Aber Fynn stoppte meine Bewegung mit festem Händedruck.

„Wir haben doch Zeit“, sagte er leise und fing an, meinen Hals mit Küssen zu bedecken, während seine Finger die Träger meines BHs hinunterzogen und meine Brüste entblößten. Er drängte mich gegen den

Rand des Pools, seine Lippen suchten meine empfindlichen Knospen und erhitzten meine kühle Haut. Ich wollte ihn. Sofort. Abwarten war absolut nicht nötig. Denn wie Fynn bereits bemerkt hatte: Wir hatten jede Menge Zeit und mussten es somit nicht bei diesem einen Mal belassen. Dieser erregende Gedanke brachte mein Becken erneut zum Zucken und nur unter Aufbietung all meiner Willenskraft schaffte ich es, meinen Schoß nicht lüstern an Fynn zu reiben. Meine Fingernägel bohrten sich in seinen Rücken und ich keuchte auf, als er mich auf einmal hochhob und auf den Rand des Pools setzte.

„Willst du nicht ...?", stammelte ich mit rasendem Puls.

Er nickte. „Doch", sagte er heiser. „Später." Er stemmte sich nach oben. Millimeter für Millimeter näherte sich sein Gesicht meinem und meine Lippen öffneten sich erwartungsvoll. Aber Fynns Mund berührte sie nur leicht, auch über Brüste und Bauch strich er nur beiläufig, und als ich merkte, was er vorhatte, atmete ich scharf ein. Im ersten Impuls wollte ich meine Beine fest zusammenzupressen, doch als sein hitziger Atem meinen Schoß traf, glitten sie wie von selbst auseinander. Mein Becken drängte ihm entgegen. Aber Fynn schien nicht vorzuhaben, mich von meiner Qual zu erlösen, sondern ließ seine Lippen immer wieder hauchzart über die Spitze meines Slips streifen.

„Verflucht, Fynn!", stieß ich frustriert aus, und Fynn lachte leise auf. Seine Fingerspitzen tasteten sich unter mein Höschen und schoben den nassen

Stoff beiseite. Einen Sekundenbruchteil später hatte seine Zunge meine intimen Lippen geteilt, und mein Schoß begann unverzüglich, sich zusammenzukrampfen, sich gierig dem Höhepunkt entgegenzuwölben, auf den er so lange gewartet hatte.

Meine Hände verloren sich in Fynns weichem Haar, mein Becken wand sich unter den immer drängenderen Bewegungen seiner Zungenspitze.

Woher wusste er nur so genau, wie und wo er mich zu berühren hatte?, war der letzte Gedanke, der durch mein Gehirn zuckte, bevor ich silberne Punkte vor meinem inneren Auge aufblitzen sah und von der sich aufbäumenden Hitzewelle mitgerissen wurde.

14. Kapitel

„Daran könnte ich mich gewöhnen." Fynn legte die Arme von hinten um meine Taille, während ich am Herd stand und kochte. Pasta mit Meeresfrüchten.

„Das sagst du garantiert nicht mehr, wenn du es probiert hast." Misstrauisch beäugte ich die blubbernde Masse. Ich war keine geübte Köchin. An Marías freien Tagen aßen Dad und ich meist auswärts. Vermutlich hätten auch Fynn und ich uns besser etwas vom Chinesen liefern lassen.

„Bestimmt wird es mir schmecken." Fynns Lippen strichen über meinen Hals, seine Hände schoben sich unter mein kurzes Shirt.

„Finger weg." Energisch drückte ich ihn weg. „Du bist heute schon auf deine Kosten gekommen, und ich habe Hunger."

Es war seltsam, wie vertraut sich das Zusammensein mit ihm anfühlte, obwohl wir uns kaum kannten. Ich holte zwei Teller und Besteck aus dem Schrank und trug sie nach draußen auf die Terrasse. Fynn folgte mir mit der Pasta. Erfreulicherweise schmeckte sie nicht so schlecht, wie sie aussah, und auch Fynn verspeiste sie mit sichtlichem Appetit.

Nach dem Essen sanken wir beide müde in die Lounge-Muschel. Die losen Seiten vom Vortag lagen noch immer auf dem cremefarbenen Polster. Fynn nahm sie in die Hand und machte Anstalten, sie zur Seite zu legen, aber anscheinend waren ihm dabei ein paar Worte ins Auge gestochen, denn ein Schatten fiel auf sein Gesicht. „Du scheinst tatsächlich eine ganze Menge Listen zu führen", sagte er tonlos.

Schnell riss ich ihm die Zettel aus der Hand. „Ja. Ich fühle mich einfach sicherer, wenn ich alles so weit wie möglich im Voraus plane. Berufliche Termine, Verabredungen, ich schreibe auf, wann ich Sport mache und … ähm … auch, was ich der kommenden Woche anziehe", lenkte ich ab, obwohl mir diese Beichte ziemlich peinlich war. Falls sie unser Gespräch von den Themen Hochzeit, Flitterwochen und Hughs und meinem neuen Haus ablenkte, würde ich jedoch damit leben können, dass Fynn von meiner Marotte erfuhr.

„Im Ernst?" Fynn lächelte. Ein wenig gequält, wie ich fand. „Dann kannst du ja froh sein, dass wir in Miami von plötzlichen Wetterumschwüngen weitestgehend verschont bleiben."

„Natürlich funktioniert es nicht immer", schwächte ich ab, bevor mich Fynn für komplett neurotisch hielt. „Manchmal kommt etwas dazwischen, und manchmal ändere ich meine Meinung, doch generell … versuche ich schon, mich daran zu halten. Diese Listen geben meinem Leben eine gewisse Struktur, die mir guttut."

„Manche Dinge kann man nicht planen."

„Ich weiß." Der Autounfall, bei dem meine Mom gestorben war, hatte mir diese Erkenntnis schmerzlich vor Augen geführt, aber zumindest bei den Dingen, die beeinflussbar waren, wollte ich keine unliebsamen Überraschungen erleben. „Und ich weiß auch, wie seltsam dieser Tick auf andere wirken muss."

„Ach …“ Fynn zuckte mit den Achseln. „Es gibt Schlimmeres. Für dieses Wochenende dürfte dein eigentlicher Plan jedoch ziemlich aus dem Ruder gelaufen sein.“ Er grinste leicht, und ich war erleichtert, dass er offensichtlich beschlossen hatte, sich von dem, was er gesehen hatte, nicht die Laune verderben zu lassen.

„Lass mich mal nachdenken!“, ging ich auf seinen lockeren Tonfall ein. „Früh aufstehen, joggen, Yoga machen, meine Kleider für die nächste Woche zusammenstellen …“

„Ausschlafen, Sex, schwimmen gehen, in der Sonne liegen, wieder Sex …“ Fynns Hand streichelte langsam über meinen Rücken. „Du musst vollkommen durcheinander sein.“

„Das stimmt. Ich weiß gar nicht mehr, wo mir der Kopf steht. Hoffentlich erscheine ich morgen nicht im Pyjama im Büro.“

„Warum hast du dich eigentlich dafür entschieden, Jura zu studieren? Weil dein Vater ebenfalls Anwalt ist?“ Fynn stützte seinen Kopf auf die Handfläche und schaute auf mich herunter.

„Das war vermutlich auch ein Grund. Aber eigentlich bin ich Anwältin geworden, weil ich dachte, dass ich dadurch etwas bewegen könnte.“

„Und das ist nicht der Fall?“

„Nein.“ Nervös biss ich auf meiner Unterlippe herum. Hugh hasste es, mit mir über meine Arbeit zu sprechen, Fynn jedoch schien sich ehrlich dafür zu interessieren. „Ich habe mich auf Einwanderungsrecht spezialisiert, aber unsere Kanzlei vertritt fast ausschließlich reiche Chinesen und Russen, die sich mit Hilfe ihres Vermögens ein sogenanntes Investorenvisum erkaufen und mit diesem Geld Großbauprojekte unterstützen, für die Banken und Fonts keine Kredite geben. Meine Kollegin Jennifer und ich sind deshalb einer Flüchtlingsorganisation beigetreten und helfen dort Menschen, die aus politischen und wirtschaftlichen Gründen ihre Heimat verlassen mussten, mit dem Ausfüllen ihrer Anträge. Diese Arbeit ist zwar ziemlich frustrierend. Nur die wenigsten der Flüchtlinge bekommen letztendlich eine Aufenthaltserlaubnis, aber selbst wenn wir nur jedem Zwanzigsten dadurch ein besseres Leben ermöglichen, hat es sich schon gelohnt." Ich blickte Fynn unsicher an – hoffentlich hatte ich ihn mit meinen Ausführungen nicht gelangweilt –, doch dessen dunkle Augen waren unverwandt auf mich gerichtet. „Ich weiß, dass ich das alles nicht so sehr an mich heranlassen sollte, aber manchmal fällt es mir schwer, den nötigen Abstand zu wahren. Vor allem, wenn Kinder beteiligt sind …", fügte ich eilig hinzu.

„Ich finde es großartig, was du für diese Menschen machst", sagte Fynn und strich mir eine Haarsträhne hinter das Ohr. „Und ich finde nicht, dass du dich dafür entschuldigen solltest, dass dich ihr Schicksal nicht kalt lässt. Als Arzt wird es mir später vermutlich ganz genauso ergehen."

Gerührt schloss ich ihn in die Arme. Warum war mit Fynn alles so einfach und schön, warum mit Hugh dagegen alles so kompliziert und deprimierend? Ich kuschelte mich eng an ihn, streichelte über seinen flachen Bauch und spürte, wie es zwischen meinen Beinen erneut zu pulsieren begann. Aber Fynn hielt meine Hand fest.

„Wo soll das hinführen, Sarah?", fragte er leise. „Das mit uns … Das, was wir hier machen, das ist doch …" Seine Stimme verklang.

„Ich weiß." Ich wandte mich ab.

„Warum tust du es dann? Du solltest jetzt bei Hamilton junior sein, und stattdessen liegst du neben mir. Du kommst in den Club … Wir küssen uns, berühren uns, schlafen miteinander …" Fynn strich mir zart über die Wange.

„Die gleiche Frage könnte ich dir stellen." Ich stemmte mich nach oben. „Du kennst die Regeln deines Chefs. Ihr dürft euch nicht mit den Gästen einlassen. Wenn es rauskommt, verliert ihr euren Job. Warum hältst du dich denn nicht daran? In der Putzkammer hätten wir jeden Moment auffliegen können."

Fynn schwieg einige Sekunden. Dann schluckte er. „Weil mir die Zeit mit dir dieses Risiko wert ist. Du bist es mir wert." Seine Stimme klang rau, und auch mein Mund fühlte sich auf einmal an, als hätte ich ein Stück grobkörniges Schleifpapier verschluckt.

Suchend tastete meine Hand nach seiner, um einen Halt zu finden und als sich unsere Finger berührten, verschlangen sie sich ineinander. Diese Geste ließ meine Augen feucht werden. „Ich will Hugh nicht heiraten", stieß ich verzweifelt aus.

Fynns Körper spannte sich an. „Warum tust du es dann?", fragte er gepresst.

„Mein Vater, er wäre so enttäuscht. Hughs Eltern und er sind schon seit Ewigkeiten befreundet. Die Hamiltons sind wichtige Mandanten von ihm. Wenn ich Hugh nicht heirate, werden sie sich eine andere Kanzlei suchen. Ich werde meinen Job verlieren." Tränen schossen mir in die Augen, obwohl ich nur aussprach, was schon seit Tagen, wenn nicht sogar schon seit Wochen und Monaten an mir nagte.

„Das ist Unsinn, Sarah." Fynn nahm mich in den Arm.

„Was? Meine Befürchtung, dass ich meinen Job verliere?", schniefte ich in seine Schulterbeuge.

„Das kann ich dir natürlich nicht versprechen, aber selbst wenn …, du wirst eine andere Kanzlei finden. Ich meine, es ist Unsinn, dass dein Vater enttäuscht von dir sein wird. Wenn er dich so liebt, dann wird er nicht wollen, dass du jemanden heiratest, der dich unglücklich macht."

„Glaubst du wirklich?"

„Ja. Also sag diese verdammte Hochzeit ab. Nicht wegen mir. Sondern wegen dir."

Konnte alles so einfach sein?

„Aber …"

„Es gibt kein Aber." Fynn sah mir fest in die Augen. „Niemand sollte mit jemand zusammen sein, nur weil er glaubt, dass es andere von ihm erwarten. Und obwohl ich denke, dass Hamilton ein ziemlicher Idiot ist …, selbst er hat es nicht verdient, nur aus diesem Grund geheiratet zu werden."

„Nein, das hat er nicht." Erleichterung floss wie warme Schokolade durch meine Adern, und das

Stahlkorsett, das all die Monate um meinen Brustkorb gelegen und mir das Atmen erschwert hatte, war verschwunden und ich bekam wieder Luft. Ich würde Hugh nicht heiraten. Auf gar keinen Fall. Das war ich mir schuldig, aber auch ihm. „Und du hast recht. Ich werde diese Hochzeit absagen. So bald wie möglich." Ungestüm nahm ich Fynn in die Arme und bedeckte sein Gesicht über und über mit Küssen. Ich ließ meine Hand dem Pfad seiner Haare folgen, die sich vom Bauchnabel abwärts kräuselten, und meine Finger verschwanden im Stoff seiner Boxershorts. Langsam schloss ich sie um sein Glied, das sich unter dieser Berührung aufrichtete, das sich trotz seiner Härte so zart und glatt anfühlte, und genoss es, dass Fynn leise aufstöhnte.

„Immer noch nicht genug?" Er lächelte.

„Von dir nie."

15. Kapitel

Nachdem sich Fynn am späten Nachmittag mit einem langen Kuss von mir verabschiedet hatte, um sich auf die abendliche Show vorzubereiten, blickte ich ihm traurig nach. Zwar würden wir uns bereits morgen wiedersehen, aber dazwischen lagen über zwanzig Stunden — und ein Treffen mit Hugh.

Der hatte mir nämlich kurz vor Fynns Abfahrt geschrieben, dass er gegen acht aus Tampa Bay zurück wäre. Und auch wenn ich mir einredete, dass meine Entscheidung nicht nur für mich das Beste sei, sondern auch für ihn, hing die Aussicht auf unser Gespräch wie eine Gewitterwolke über mir. Eine halbe Stunde lag ich apathisch im Bett und starrte die Decke an, bevor ich mich dazu aufraffen konnte, zu duschen, frische Kleider anzuziehen und mich auf den Weg nach Miami Beach zu machen.

Mehrere Male war ich versucht, Hugh eine Ausrede für mein Fernbleiben aufzutischen und zu Fynn in den Club zu fahren - Liam war übers Wochenende nicht da und wir hätten das Apartment ganz für uns allein -, aber letztendlich hätte ich mir damit nur einen Aufschub erwirkt. Es war nicht fair, Hugh noch länger im Unklaren zu lassen.

Als neutralen Treffpunkt hatte ich The Setai Grill vorgeschlagen, ein angesagtes Restaurant, in dem es sowohl landestypische als auch europäische Gerichte gab.

„Als Einstimmung auf unsere Hochzeitsreise?", wollte Hugh am Telefon wissen, und ich hatte etwas gemurmelt, das man als Zustimmung deuten konnte.

Er wartete bereits auf mich. Die Beine übereinandergeschlagen saß er in dunklen Jeans und roséfarbenem Hemd auf der Terrasse und zog an seiner Elektrozigarette. Er sah schlecht aus. Sein sonst so sonnengebräunter Teint wirkte fahl, das rechte Augenlid zuckte nervös, und für einen Augenblick hatte ich Mitleid mit ihm. Irgendwie hatte er mich schon immer an einen der verlorenen Jungs aus dem Peter-Pan-Film erinnert, und so ganz hatte sein selbstbewusstes, oft prahlerisches Auftreten die Unsicherheit und Selbstzweifel nie kaschieren können.

Bei meinem Eintreffen stand Hugh auf. „Gut siehst du aus, Sweetheart. Die Tage ohne mich scheinen dir gut bekommen zu sein." Er rückte mir den Stuhl zurecht.

Verwirrt setzte ich mich. Mit diesem Gesprächseinstieg hatte ich nicht gerechnet. „Das Kompliment kann ich leider nicht zurückgeben. Ist das Golfturnier nicht so verlaufen, wie du es dir vorgestellt hast?"

Hugh winkte ab. „Lass uns lieber über die Hochzeit sprechen. In sieben Tagen ist es so weit. In sieben Tagen wirst du Mrs. Hugh Hamilton sein." Er lächelte mich an.

Gezwungen erwiderte ich sein Lächeln. Wann um Himmels willen sollte ich ihm gestehen, dass diese Hochzeit niemals stattfinden würde. Jetzt gleich? Oder erst nach dem Essen?

Der kleine italienische Kellner nahm mir meine Entscheidung ab. „Habe Sie sich schon entschieden, Signori?“

„Eine Flasche Evian und eine Flasche Merlot“, orderte Hugh. „Und zum Essen für mich bitte ein Vitello tonnato und die Saltimbocca. Ach ja, und bringen Sie uns noch zwei Gläser Champagner. Meine Verlobte und ich haben etwas zu feiern.“ Er zwinkerte mir zu.

Fahrig blätterte ich die Karte durch und hoffte inständig, dass Hugh meine zitternden Finger nicht auffielen. „Ich möchte den Salat mit Thunfisch.“

„Nur einen Salat?“ Er hob die Augenbrauen hoch.

Ich nickte stumm, und der Kellner wirbelte davon.

Besorgt wandte sich Hugh an mich. „Es wird dir doch nicht irgendetwas auf den Magen geschlagen sein, Sweetheart? ... Oder sollte ich besser sagen: *irgendwer*?“ Seine Hand griff in seine Hosentasche und schnellte nach vorne. Sein Handy lag darin.

„Was soll ich damit?“, fragte ich.

„Ich möchte, dass du dir ansiehst, wie hübsch du bist.“ Er hielt mir das Gerät vor das Gesicht. „Wie hübsch und unschuldig.“

Obwohl ich es geahnt hatte, traf mich das Bild, das mir entgegenstarrte, wie ein Faustschlag. Ich war darauf abgebildet. Wie ich gerade dabei war, den Diamond Club zu verlassen.

„Oder das hier?“ Hughs Zeigefinger strich betont langsam über das Display.

Ich schnappte nach Luft. Auf dem nächsten Foto stieg ich in Fynns Mustang.

„Einen attraktiven Chauffeur hast du dir ausgesucht." Hughs Stimme drang wie durch einen Schalldämpfer zu mir. Alles um mich herum drehte sich. „Und wie umsichtig von ihm, dich nicht vor dem Tor abzusetzen, sondern bis vor die Haustür zu fahren." Ein erneuter Fingerstrich bewies seine Aussage. „Es gibt noch ein paar andere Fotos von dir und deinem Begleiter. Möchtest du sie sehen?"

Noch nicht einmal zu einem Kopfschütteln war ich in der Lage. Doch Hugh schien auch gar nicht an einer Antwort interessiert.

„Sarah, Sarah!" Er wackelte mit dem Kopf. „Ich bin sehr enttäuscht von dir, Sweetheart. Wenn du mich schon kurz vor der Hochzeit betrügst, hättest du nicht eine bessere Wahl treffen können als einen Stripper?" Das letzte Wort spuckte er mir entgegen, und seine Augen sendeten hasserfüllte Blitze ab.

Ich klammerte mich mit den Händen an der Tischkante fest. „Ich wollte heute Abend mit dir darüber reden."

„Wie rücksichtsvoll von dir?", höhnte Hugh. „Mit einem bereinigten Gewissen schwört es sich doch gleich viel leichter ewige Treue."

„Nein, nein, deswegen nicht", wehrte ich mit einer Stimme ab, die kaum mehr als ein Flüstern war. „Ich wollte dir sagen, dass die Hochzeit nicht stattfinden wird."

„Was?" Hughs Augen sprangen fast aus dem schmalen Gesicht.

„Du hast richtig gehört", sagte ich fester. Nun war sowieso alles egal. „Ich werde dich nicht heiraten."

Hugh atmete schwer ein und aus. Der Kellner erschien. Er ließ den Korken der Champagnerflasche mit einem satten Plopp herausgleiten und goss uns zwei Gläser der perlenden Flüssigkeit ein.

„Bitte sehr, Signori!" Da keiner von uns reagierte, verzog er sich wieder.

„Du willst die Hochzeit also absagen", wiederholte Hugh schließlich nach endlosen Sekunden des Schweigens.

„Ja." Ich zwang mich, seinem Blick standzuhalten.

„Das geht nicht."

Ich lachte auf, obwohl ich mich alles andere als amüsiert fühlte. „Natürlich geht das. Es kostet uns lediglich einen einzigen Anruf. Die Hochzeitsplanerin wird alles erledigen."

„Du hast mich ganz richtig gehört." Hugh hatte sich wieder im Griff, und der vorher noch so fassungslose Gesichtsausdruck war seiner üblichen blasierten Miene gewichen. „Die Hochzeit abzusagen, steht nicht zur Debatte!"

Ich hob die Augenbrauen. „Du kannst mich schlecht dazu zwingen, deine Frau zu werden."

„Oh doch, das kann ich." Seinen Augen war jeglicher Ausdruck abhandengekommen, und gedankenverloren, fast liebkosend, strich er mit dem Zeigefinger über den Rand des Champagnerglases. „Oder hast du vergessen, wer der größte Klient deines Arbeitgebers ist? Glaubst du, dass *King & Logan* glücklich darüber wären, wenn wir uns in Zukunft unseren Rechtsbeistand in einer anderen Kanzlei suchen?"

„Wie du schon sagst, es gibt andere Kanzleien", entgegnete ich selbstbewusster als ich mich fühlte. „Nicht nur für euch, sondern auch für mich."

„Das stimmt. Kanzleien gibt es in Miami wahrlich genug." Hughs Stimme war ruhig geworden. „Aber wie viele Stripclubs gibt es, die ihre Angestellten so gut bezahlen, dass sie sich ein Medizinstudium leisten können?"

„Woher weißt du das?" Mein Herzschlag, der sich gerade erst so mühsam beruhigt hatte, begann erneut zu jagen.

„Ich arbeite grundsätzlich nur mit den Besten zusammen. Hätte ich dich sonst als meine Ehefrau ausgewählt." Er beugte sich vor und strich mir mit dem Daumen über die Wange.

„Du bist widerlich." Ich fuhr zurück. „Und wage es nicht, mich noch einmal anzufassen."

„Das werde ich nicht, Sweetheart. Keine Sorge." Selbstzufrieden lehnte sich Hugh zurück. „Du wirst in meinem Leben lediglich repräsentative Funktionen haben. Meine körperlichen Bedürfnisse werden an anderer Stelle weitaus besser befriedigt als von dir."

Einen Moment dachte ich darüber nach, das Glas Champagner zu nehmen, um damit Hughs hämisches Grinsen aus dem Gesicht zu waschen. Doch ich traute es mich nicht. Nicht nach dieser Drohung.

Mühsam gelang es mir, Haltung zu bewahren. Ich beugte mich zu ihm vor und senkte meine Stimme: „Ich verstehe dich nicht, Hugh. Du liebst mich nicht. Es gibt ganz offensichtlich eine andere Frau in deinem Leben. Warum also willst du mich unbedingt heiraten?"

„Warum ich dich unbedingt heiraten will?" Er kam so dicht an mich heran, dass ich seinen Atem riechen konnte. „Das kann ich dir sagen: All die Jahre sind wir Hamiltons von der sogenannten besseren Gesellschaft wie schnöde Emporkömmlinge behandelt worden. Wenn du erst meine Frau bist, wird sich das ändern, und ich bekomme endlich das Ansehen, das mir zusteht." Sein rechtes Augenlid fing erneut an zu zucken.

„Du erhoffst dir durch eine Heirat mit mir einen gesellschaftlichen Aufstieg!" Ich verschränkte meine Hände fest ineinander, um ihr Zittern zu verbergen. „Das ist der einzige Grund? Mein Gott, du kannst einem wirklich leidtun." Verächtlich wandte ich mich ab.

„Sie wollen schon gehen?", fragte der Kellner, der mit dem Salat und Hughs Vitello tonnato in der Hand neben mir auftauchte.

„Ich fühle mich nicht wohl", erklärte ich steif, „aber mein Verlobter wird den Salat bestimmt gerne für mich aufessen."

„Ich könnte Ihnen alles einpacken." Die Augen des Kellners huschten verunsichert zwischen Hugh und mir hin und her.

„Lassen Sie nur. Meine Verlobte möchte sich zurückziehen. Aber sie wird wiederkommen. In dieser Hinsicht bin ich mir absolut sicher." Hugh schenkte mir mit seinen großen, weißen Zähnen ein wölfisches Lächeln, das auch dann noch in meinen Rücken stach, als ich das Lokal längst verlassen hatte und zurück nach Coral Gables raste.

Auf dem Ocean Drive rang ich mit mir, am Club anzuhalten und mich Fynn anzuvertrauen. Doch der arbeitete. Natürlich hätte ich eine Pause abwarten können, um ihn abzufangen. Aber er war auf das Geld angewiesen, das ihm die Gäste zusteckten, und ich schätzte ihn nicht so abgebrüht ein, dass er meine Nachricht während der Show einfach abschütteln konnte.

Zu Hause angekommen stand Dads Auto bereits vor der Tür. Ich hatte erst morgen mit seiner Rückkehr gerechnet. Durch die offenen Flügeltüren konnte ich sehen, dass er mit einem Glas Weißwein in der Hand im Salon saß und ein Buch las. Unauffällig versuchte ich, mich an ihm vorbei zur Treppe zu schleichen. Doch er musste gehört haben, wie ich hereingekommen war, und schaute auf.

„Sarah!"

„Ja?" Ich wischte mir hastig über die Augen und betrat betont aufrecht das Zimmer.

„Wolltest du mich nicht begrüßen?"

„Natürlich, Daddy. Ich habe nur nicht gesehen, dass du im Salon sitzt."

„Hast du geweint?"

„Nein, nein. Mir ist auf der Fahrt hierher lediglich eine Mücke ins Auge geflogen."

Dad betrachtete mich prüfend. So ganz schien er mir meine Ausrede nicht abzukaufen, bohrte jedoch auch nicht nach. „Möchtest du ein Glas Wein?"

„Nein“, wehrte ich ab. „Ich bin müde und werde mich ins Bett legen.“

„Wo ist Hugh?“

„Wir waren zusammen im Setai Grill essen. Aber er … er muss noch arbeiten. Gute Nacht!“ Ich küsste Dad auf die Wange und ging die Treppe hinauf in mein Zimmer.

Dort nahm ich das Handy aus der Tasche. Fynn hatte mir geschrieben und gefragt, wie das Gespräch verlaufen sei. Ich antwortete ihm und bat ihn, mich nach der Show zurückzurufen, damit wir über alles sprechen konnten. Egal, wie spät es war. Schließlich musste er wissen, dass Hugh nicht nur mir, sondern auch ihm mit beruflichen Konsequenzen gedroht hatte. Doch er meldete sich nicht. Nicht in der Nacht und auch nicht am nächsten Morgen. Ich erreichte immer nur die Mailbox.

Zunächst redete ich mir ein, dass er das Handy im Club liegen gelassen hatte, oder dass sein Ladegerät kaputt war, vielleicht hatte er das Handy sogar verloren, aber das ungute Gefühl, dass der Grund für sein Schweigen ein anderer war, ließ sich einfach nicht abschütteln. Und als er sich gegen Mittag immer noch nicht bei mir gemeldet hatte, hielt ich es nicht mehr aus.

***

Dad stand zu meiner großen Verwunderung neben María am Herd und rührte in einer der Pfannen. Bei meinem Eintreten schreckte er hoch und sah mich schuldbewusst an.

„Ich bringe ihm das Kochen bei", sagte María etwas zu schnell, wie ich fand. „Er soll lernen, machen *enchiladas*."

„Auf seine alten Tage?"

Dad errötete.

„Ich wollte euch gar nicht stören, sondern nur Bescheid sagen, dass ich nach Miami Beach fahre."

„Willst du zu Hugh?" Dad folgte mir nach draußen.

Da ich es nicht übers Herz brachte, ihn erneut anzulügen, schüttelte ich stumm den Kopf und spürte, dass sich Tränen in meinen Augenwinkeln ansammelten.

Eine Gefühlsregung, die leider auch ihm nicht entging. „Was ist mit dir los, Sarah? Ich merke doch, wenn es meinem Mädchen nicht gut geht." Er packte mich an den Schultern.

„Hugh …" Ich fing an zu weinen.

„Was ist mit Hugh?" Sanft, aber nachdrücklich führte mich Dad zu der großen Hollywood-Schaukel, die vor unserem Haus stand. „Sarah, du weißt, dass du mir alles sagen kannst."

„Er …"

„Ja."

„… ich werde ihn nicht heiraten."

Dad zuckte zusammen. „Habt ihr euch gestritten?"

„Ja, aber das ist nicht Grund. Ich … ich liebe ihn nicht mehr."

„Und da bist du dir ganz sicher?" Er sah mich verwirrt an. „Ich denke nicht, dass man eine solche Entscheidung überstürzen sollte. So kurz vor einer Hochzeit sind Zweifel nichts Außergewöhnliches."

„Ja, ich bin mir sicher", antwortete ich mit fester Stimme. „Und im Endeffekt weiß ich schon eine ganze Zeit, dass Hugh und ich nicht zueinander passen, ich wollte es mir selbst nur nicht eingestehen."

Dad lehnte sich zurück und sagte eine ganze Zeitlang gar nichts, bevor er seinen Blick wieder auf mich richtete. „Hast du einen anderen Mann kennengelernt?", fragte er ruhig.

Diese Frage musste ja kommen. „Ja", gab ich zögernd zu. „Fynn. Er wohnt auch in Miami Beach. Und er ist ganz anders als Hugh. Viel aufmerksamer und liebevoller. Ich fühle mich wohl in seiner Nähe. Aber er ist nicht der Auslöser für meine Entscheidung. Er hat sie höchstens beschleunigt."

Dad blinzelte kurz, ansonsten blieb sein Gesichtsausdruck unbewegt. Durch jahrzehntelange Gerichtserfahrung hatte er sich eine bemerkenswerte äußerliche Gefasstheit zugelegt. „Weiß Hugh schon, dass du die Hochzeit absagen möchtest?"

Ich nickte. „Gestern Abend bin ich bei ihm gewesen. Aber er meinte, das stehe überhaupt nicht zur Debatte."

Ein Ruck ging durch den Körper meines Vaters. „Was heißt das, es steht nicht zur Debatte?", fragte er stirnrunzelnd.

„Er meinte, wenn ich ihn verlasse, wird er dafür sorgen, dass Ernie sich eine andere Kanzlei sucht.

Und dann verliere ich meinen Job. Es tut mir so leid, wenn ich dich enttäuscht habe …" Meine Stimme verlor sich in Schluchzern.

„Kleines!" Dad hob mein Kinn mit dem Zeigefinger an und zwang mich, ihm in die Augen zu sehen. „Enttäuscht wäre ich, wenn meine Tochter einen Mann heiratet, den sie nicht liebt. Denn für mich gibt es nur einen Grund jemanden zu heiraten. Und das ist Liebe und nicht die Angst vor irgendwelchen eventuellen Konsequenzen. Ganz abgesehen davon, dass es weder sicher ist, dass Ernie die Kanzlei wechselt, noch, dass du entlassen wirst, wenn er es wirklich tut."

„Aber du mochtest Hugh immer so gern. Und du bist mit Ernie und Victoria befreundet."

„Befreundet?" Ungläubig schaute Dad mich an. „Ich mit Ernie und Victoria? Nein! Wie um Himmels willen kommst du denn auf eine derart absurde Idee?"

„Ernie und du, ihr trefft euch häufig. Geht zusammen Golfspielen oder auf den Tennisplatz."

Dad lachte auf. „Doch nur, weil Ernie ein wichtiger Mandant ist und Wert auf diese halbgeschäftlichen Treffen legt. Unter uns gesagt, ich kann ihn noch nicht einmal besonders gut leiden. Im Gegensatz zu Victoria. Sie ist eine kluge Frau, auch wenn sie es sich nicht allzu oft anmerken lässt. Und was Hugh angeht …" Er schüttelte den Kopf. „Ja, ich mochte ihn. Aber er hat sich in den letzten Jahren verändert."

„Warum hast du nie etwas gesagt?"

„Weil ich dachte, dass du ihn liebst. Ihr seid jetzt schon so lange zusammen. Und du hast nie etwas anderes behauptet. Ganz abgesehen davon, dass du Sturkopf sowieso nicht auf deinen alten Vater gehört hättest."

„Dann bist du überhaupt nicht böse, wenn die Hochzeit nicht stattfindet?" Ein Stein von der Größe eines Felsbrockens fiel mir vom Herzen.

„Nein. Alles, was ich möchte, ist, dass du mit jemand zusammen bist, der dich wirklich glücklich macht."

„So wie Mom dich."

Er nickte.

„Du vermisst sie immer noch."

„Jeden Tag." Dad drückte meine Hand. „Aber jetzt genug der Sentimentalitäten. Du willst doch sicher zu deinem Fynn, Liebes. Worauf wartest du noch?"

16. Kapitel

Die Erleichterung, die mich nach dem Gespräch mit meinem Dad überkommen hatte, hielt unglücklicherweise nicht lange an. Auf dem Weg nach Miami Beach warf ich immer wieder einen Blick auf das Handy. Aber Fynn meldete sich einfach nicht. Mittlerweile war es halb eins. Er sollte meine Nachricht längst gelesen haben. Und selbst wenn er sein Handy verloren hatte, er musste doch wissen wollen, ob ich die Hochzeit tatsächlich abgesagt hatte. Oder war er vielleicht einer dieser Kerle, für den eine Frau nur dann interessant war, wenn er sie nicht haben konnte? Nein. Und schließlich hatte er mir gestern Abend noch eine SMS geschrieben. Verdammt! Meine Hände krampften sich um das Lenkrad. Das machte alles keinen Sinn!

Als ich den BMW vor der Apartmentanlage parkte, hatte sich das mulmige Gefühl in meinem Bauch zu richtigen Krämpfen ausgeweitet. Ich legte den Zeigefinger auf den Klingelknopf neben dem Schild mit der Aufschrift Reynolds/Parker und atmete tief ein. Dann drückte ich den Knopf. Sekundenlang passierte nichts. Ich klingelte noch einmal.

„Ja", meldete sich eine fremde Männerstimme. War Liam doch zu Hause geblieben?

„Kann ich mit Fynn sprechen?"

„Wer ist da?"

„Sarah. Fynn und ich sind verabredet."

„Fynn ist nicht hier."

„Und wo ist er?“

Der Mann zögerte einen Augenblick. „Ich komme runter.“

Doch nicht Fynns Mitbewohner erschien, sondern der tätowierte Stripper, der Fynn und mich in der Putzkammer des Clubs erwischt hatte. Fynn hatte ihn mir als *Snake* vorgestellt, und auch erwähnt, dass sein richtiger Name Jared sei. Er sah mich aus seinen kohlschwarzumrandeten Augen müde an, und seine ganze Körperhaltung wirkte weitaus weniger selbstbewusst und lässig als noch zwei Tage zuvor.

„Was ist mit Fynn?“, fragte ich, und es fiel mir schwer, die Panik in meiner Stimme zu unterdrücken.

„Er ist im Krankenhaus.“

Ich taumelte einen Schritt zurück. „Was ist passiert? Hat er einen Unfall gehabt?“

„Kann man so sagen.“ Jared lehnte sich mit verschränkten Armen gegen die Wand. „Zwei Typen haben ihn gestern Nacht zusammengeschlagen.“

Hugh! Alles in mir zog sich zusammen. Er hatte es also nicht nur bei einer Drohung belassen können? „Ist er schwer verletzt?“

„Nein. Ein paar Rippen sind geprellt. Lediglich seine Schönheit hat ziemlich gelitten.“

„In welchem Krankenhaus liegt er? Ich muss zu ihm. Sag mir, wo er ist!“ Ich griff nach Jareds Oberarm.

„Natürlich. Ich nehme dich mit. Ich wollte sowieso gerade wieder hin, um Fynn seine Kreditkarte und etwas Bargeld zu bringen. Wir müssen nur kurz beim Boss vorbei, um ihm zu sagen, dass Fynn heute Abend nicht auftreten kann."

Ich folgte Jared zu seinem Auto, einem roten Cabrio mit einer schwarzen Schlange auf dem Kotflügel, und er preschte los. Auf dem Weg zum Club erzählte er mir, dass Fynn nach der Show nicht wie die anderen Jungs noch ein paar Drinks gekippt hatte, sondern gleich aufgebrochen war. „Wir haben ihn aufgezogen, gemeint, dass er langsam alt wird, aber er hat sich nicht von uns provozieren lassen und gesagt, dass er am nächsten Tag mit einem Mädchen verabredet ist und gerne ausgeschlafen zu dem Treffen erscheinen würde. Das wirst wohl du gewesen sein." Jared zwinkerte mir zu. Dann wurde er wieder ernst: „Eine halbe Stunde später haben mein Kumpel Angelo und ich Fynn mit blutender Visage auf einer Bank gefunden. Nur ein paar Straßen weiter. Die Kerle müssen ihm direkt vor dem Club aufgelauert haben." Seine Hand schloss sich fest um den Steuerknüppel. „Scheiße! Und das alles nur wegen eines Handys und ein bisschen Bargeld."

Ich sehnte mich danach, Jared anzuvertrauen, dass ein Handy und ein bisschen Bargeld meiner Meinung nach nicht die einzigen Gründe für das Auftauchen der beiden Schläger waren, doch da meine Beichte einen ganzen Rattenschwanz an Erklärungen nach sich gezogen hätte, unterdrückte ich das Bedürfnis.

Der Diamond Club lag verwaist im Mittagslicht, und nur wenige Autos standen davor, als Jared das Cabrio auf dem Parkplatz zum Stehen brachte.

„Warte kurz! Es dauert nicht lange."

In diesem Moment wurde die Tür des Clubs geöffnet, und ohne nach rechts oder links zu schauen, stürmte Mr. D an uns vorbei zu seinem BMW.

„Boss!"

„Was gibt's?", sagte er unwirsch. „Ich hab keine Zeit." Seinen Charme schien er lediglich im Club zu versprühen.

„Es geht um Fynn."

„Mit dem hätte ich ebenfalls ein Wörtchen zu sprechen. Aber ich kann ihn nicht erreichen. Weißt du, wo er sich rumtreibt?"

„Fynn ist im Krankenhaus."

Lediglich eine Augenbraue von Mr. D zuckte, ansonsten blieb sein Gesichtsausdruck starr.

„Er hat gestern Nacht Bekanntschaft mit dem Asphalt gemacht. Zwei Kerle haben ihm ein schönes Muster ins Gesicht getreten. Damit er die Ladies nicht in Angst und Schrecken versetzt, will er ein paar Tage aussetzen."

Der dunkelhaarige Mann lachte humorlos auf. „Bei ein paar Tagen wird es nicht bleiben."

„Wie meinst du das?", fragte der Stripper mit gerunzelter Stirn.

„Fynn ist raus", sagte Mr. D kurzangebunden.

„Wieso das denn?" Eine steile Falte bildete sich zwischen Jareds Augenbrauen.

„Das soll er dir selbst sagen." Der Mann stieg in sein Auto und ließ den Motor an.

„Warten Sie!" Ohne groß nachzudenken, sprang ich aus Jareds Wagen und stellte mich dem BMW in den Weg. Für einen Augenblick musterte Mr. D mich überrascht. Seine Sprachlosigkeit währte jedoch nicht lange.

„Ach! Wie interessant! Wen haben wir denn da?"

„Sarah Harper. Ich bin Fynns Freundin." Zumindest hoffte ich das. Ich streckte Mr. D meine Hand entgegen.

„Willst du mich verarschen, Mädel?"

„Warum sollte ich das wollen?", fragte ich kühl. Ich zog die Hand zurück und straffte die Schultern.

Mit dieser Erwiderung hatte Mr. D ganz offensichtlich nicht gerechnet, denn er starrte mich weitere Sekunden stumm an, bevor er den Zündschlüssel herumdrehte, und der Motor des BMW erstarb. „Kommt mit rein!" Er stapfte in den Club.

Ohne die funkelnde Neonbeleuchtung wirkte die an einigen Stellen abgeblätterte Fassade weitaus weniger glamourös als am Abend. Doch im Innern des Gebäudes funkelte es wie eh und je.

Mr. D führte uns in sein Büro, einem nüchtern eingerichteten Raum, dem jegliche persönlichen Gegenstände abgingen, und setzte sich hinter den Schreibtisch. Uns bot er keinen Platz an. Eine Höflichkeit, die Jared von ihm anscheinend aber auch gar nicht erwartete, denn er zog zwei Stühle heran, und zögernd ließ ich mich auf einem der beiden nieder.

Mr. D redete nicht lange um den heißen Brei herum, sondern zog einen Umschlag aus einer der Schreibtischschubladen.

„Kann es sein, dass Fynns Aufenthalt im Krankenhaus hiermit zu tun hat?" Er warf einen Stapel Fotos auf den Tisch.

Meine Kehle schnürte sich zusammen: Die Bilder, die über die glatte Oberfläche schlitterten, waren dieselben, mit denen Hugh mich bereits am gestrigen Abend konfrontiert hatte.

Neben mir atmete Jared hörbar aus. „Mann. Dann hat es Fynn also gar nicht zufällig erwischt."

„Ihr Jungs kennt die Regeln." Mr. D klopfte mit dem Zeigefinger auf die Tischplatte. „Die Gäste werden in Ruhe gelassen. Und wer seinen Schwanz nicht unter Kontrolle hat, fliegt." Er fegte die Fotos vom Tisch.

„Diese Regel ist totaler Schwachsinn." Ich sprang auf.

„Ach! Willst du mir etwa vorschreiben, wie ich meinen Club zu führen habe, Mädchen?" Mr. Ds Augen sahen aus wie geschliffene Diamanten. Zu meiner großen Überraschung schaffte ich es jedoch, seinem Blick standzuhalten.

Ich stemmte meine Hände auf die Tischplatte und beugte mich zu dem Mann vor. „Nein. Aber ich möchte Sie darauf hinweisen, dass Ihr Regelwerk einige Schwachstellen aufweist. Sie verbieten Ihren Jungs, sich mit den Gästen einzulassen. Solange sie sich im Club befinden, ist das nachvollziehbar. Doch darüber hinaus auch noch zu kontrollieren, was Ihre Angestellten in ihrer Freizeit machen, ist ein ziemlich großer Eingriff in die Persönlichkeitsrechte. Fynn und ich haben uns im Club kennengelernt. Aber wir haben dort nichts gemacht, was ihr Etablissement in irgendeine Weise in Verruf bringen könnte." Ich warf einen kurzen Seitenblick auf Jared, doch der verzog keine Miene. „Und was außerhalb des Clubs stattfindet, dürfte sich Ihrem Einfluss als Arbeitgeber ja nun wirklich entziehen. Oder sind Sie anderer Meinung?"

Mr. D klatschte in die Hände. „Gut gebrüllt, Mädel. Ich bin beeindruckt. Allerdings weist anscheinend nicht nur mein Regelwerk Schwachstellen auf, sondern auch deine Argumentation."

„Die Kleine hat recht", kam Jared mir zur Hilfe. Er lehnte sich in erstaunlich entspannter Pose zurück. „Bei allem Respekt, Boss. Wenn du diese Regel wirklich ernst nimmst, dann kannst du gleich die ganze Belegschaft feuern. Abgesehen von Angelo und vielleicht noch Matt gibt es wohl keinen in der Gruppe, der noch nie was mit einem der Gäste hatte."

Mr. D ignorierte seinen Einwand und zeigte mit einer Kinnbewegung auf die Fotos. „Dein Verhältnis zu Fynn geht mich sehr wohl etwas an. Denn irgendjemand scheint gegen das, was ihr beiden in eurer Freizeit macht, etwas zu haben. Sonst hätte mir dieser Jemand nämlich nicht diese Bilder in meinen Club geschickt. Ganz abgesehen davon, dass ihr darauf meinen Club verlasst. Und bedauerlicherweise kann ich mir einen Skandal nicht leisten, wenn ich möchte, dass meine Angestellten auch weiterhin ein dickes Bündel Scheinchen bekommen."

„Welcher Skandal?" Ich lachte auf, obwohl mir wirklich nicht zum Lachen zumute war. „Haben Sie Angst, dass diese Fotos an die Presse gelangen?

Dann kann ich Sie beruhigen: Das werden sie ganz bestimmt nicht. Die Bilder haben sie von meinem Ex-Verlobten. Und glauben Sie mir, Hugh wird es definitiv nicht wollen, dass alle Welt erfährt, dass ihm einer Ihrer Guys die Frau ausgespannt hat. Dass er Ihnen den Umschlag geschickt hat, ist eine Schikane, die sich ausschließlich gegen Fynn und mich richtet."

„Hugh? Meinst du etwa Hugh Hamilton?" Die Augen des Mannes wurden noch schmaler. Er strich sich nachdenklich über das Ohrläppchen. „Deshalb kam mir dein Gesicht so bekannt vor. Ich habe diese hübschen Bildchen also Hamilton junior zu verdanken. Nicht zu fassen! Da versucht der kleine Scheißer tatsächlich, mich zu erpressen."

Auch Jared schien Hughs Name etwas zu sagen, denn er pfiff leise durch die Zähne. „Fynn muss dich wirklich mögen, Kleines, wenn er sich traut, einem Kerl wie deinem Ex die Braut auszuspannen."

„Lass uns gehen! Ich möchte ins Krankenhaus", sagte ich erschöpft, und spürte, dass meine Augen feucht wurden. Schon wieder! Oh nein! Jetzt nicht weinen! Nicht vor diesem kalten, herzlosen Mann. Ich griff in meine Handtasche, um ein Papiertaschentuch herauszuholen und stieß mit den Fingern an den Mini-Vibrator. Ein Name war in dessen Metallhülle graviert. *The Venus Club.* Dass ich das Ding immer noch mit mir herumtrug!

Jared erhob sich – und in diesem Moment schoben sich die Puzzleteile, die in den letzten Tagen lose durch mein Gehirn gepurzelt waren, zusammen und ergaben ein Bild. Der Vibrator. Etwas an dem, was

Jared in der Putzkammer zu Fynn und mir gesagt hatte, hatte mich bereits damals irritiert. Doch ich hatte nicht gewusst, was. Nun schon. Ohne mich von Mr. D zu verabschieden, verließ ich sein Büro.

„Sag mal Jared, deine Freundin Giselle, heißt sie mit Nachnamen Jones?“, fragte ich ihn leise auf dem Weg zum Clubraum.

Jared nickte. „Wie kommst du darauf?“

„Ihr ungewöhnliches Werbegeschenk hat mich darauf gebracht.“ Ich holte den Vibrator aus der Tasche. „Mein Ex-Verlobter und sie haben vor ein paar Tagen miteinander telefoniert. Sie … scheinen gute Bekannte zu sein.“

Er pfiff durch die Zähne.

„Kannst du mir sagen, wo diese Giselle wohnt? Ich würde sie gerne besuchen?“

„Klar! Aber wolltest du nicht vor einer Minute noch zu deinem Lover ins Krankenhaus fahren.“

„Ja, ich würde ihm jedoch gerne ein kleines Geschenk mitbringen.“

„Jared! Warte!“, hörte ich Mr. Ds harsche Stimme hinter uns. „Ich würde mich gerne mit Fynns Freundin etwas ausführlicher unterhalten.“ Meinen Namen hatte er ganz offensichtlich sofort wieder aus seinem Gedächtnis gestrichen.

Ich setzte meine hochmütige Anwältinnen-Miene auf. „Es ist nicht nötig, Jared als Sprachrohr zu benutzen. Sie dürfen sich gerne direkt an mich wenden. Leider muss ich etwas Dringendes erledigen und habe überhaupt keine Zeit für ein Schwätzchen.“ Jetzt, wo das Schlimmstmögliche sowieso eingetreten war, hatte ich nicht vor, sein unverschämtes Verhalten weiter kommentarlos hinzunehmen.

„Wie es aussieht, haben sich im Fall Hamilton einige delikate Entwicklungen ergeben, denen wir unverzüglich nachgehen werden“, sagte Jared im Ton eines Ermittlers und lächelte süffisant. „Sie führen uns in den Venus Club“, fügte er vielsagend hinzu.

„In den Venus Club ...“ Über Mr. Ds Gesicht huschte ebenfalls der Ansatz eines Lächelns. „Interessant. Ich werde euch fahren. Delikaten Entwicklungen, die die Familie Hamilton betreffen, stehe ich ausgesprochen aufgeschlossen gegenüber.“

17. Kapitel

Der Venus Club lag in einem mehrstöckigen, unscheinbaren Gebäude im Stadtteil North Beach. Mr. D parkte den Wagen direkt vor zwei jungen Frauen, die in knappen Tops und obszön kurzen Röcken auf dem Gehweg standen. Jared stieg aus und ging auf eine der beiden zu.

„Sophie!" Er küsste die hochgewachsene Brünette auf den Mund. „Wie läuft das Geschäft?"

„Jared! Jetzt hoffentlich viel besser." Die Frau ließ ihren pink lackierten Zeigefinger über seinen Arm gleiten. „Und du hast sogar noch jemanden mitgebracht?" Sie warf Mr. D einen aufreizenden Blick zu. Mich blendete sie aus.

„Tut mir leid, Süße", sagte Jared. „Heute muss ich zu Giselle. Weißt du, wo sie ist?"

Die Frau sah enttäuscht aus. „Drinnen." Sie konzentrierte sich wieder auf die vorbeifahrenden Wagen, und Jared führte uns in den Club.

Nervös schaute ich mich um. Ich war noch nie in einem Bordell gewesen, fand jedoch, dass dieses Etablissement zumindest am Tag überraschend unspektakulär aussah. Lediglich die freizügigen Schwarz-Weiß-Fotos an den Wänden, die einzelne Frauen, aber auch Paare, in eindeutigen Positionen zeigten, deuteten darauf hin, dass wir uns hier nicht in einer x-beliebigen Bar befanden. An der Theke lehnte ein hagerer Mann mit einer Dose Bier in der Hand und unterhielt sich mit der stark geschminkten

Bedienung. Ein paar Mädchen lümmelten gelangweilt in Sitzecken aus schwarzem Leder und spielten Karten. Eines davon stand bei Jareds Anblick auf und kam mit wiegenden Hüften auf ihn zu. Lustige Kringellocken umspielten ihr milchkaffeebraunes Gesicht, auf dessen Nase sich unzählige Sommersprossen tummelten. Ein breiter Mund, runde Augen und ein knabenhafter Körper taten ihr Übriges, sie mehr wie ein junges Mädchen als wie eine erwachsene Frau aussehen zu lassen.

„Darling, was für ein Zufall. Ich wollte dich sowieso die Tage anrufen. Da du keine Zeit hattest, musste ich zur Konkurrenz gehen. Ist ganz gut geworden, findest du nicht?" Ohne jede Scham schob sie den Bund ihrer Hot Pants nach unten und offenbarte eine Schar bunter Schmetterlinge. „Aber deins ist immer noch mein Schmuckstück." Sie tippte mit dem Finger ein Stück tiefer und wackelte mit dem Hintern.

Hilfe! Was um Himmels willen konnte es in dieser Region denn zu tätowieren geben? Zum Glück blieb mir der Anblick dieses Kunstwerks erspart, denn jetzt schien die Frau zu realisieren, dass Jared nicht allein gekommen war, und richtete ihre dunklen Kulleraugen auf Mr. D. „Wer ist das? Dein Daddy?"

„Hast du einen Moment Luft?", fragte Jared.

Giselles Gesicht verfinsterte sich, als sie uns genauer in Augenschein nahm. „Verdammt, sind die von der Sitte?"

„Keine Sorge, Sweets!" Jared grinste. „Der Kerl sieht zwar so aus, aber er ist nur mein Boss. Und die entzückende Lady eine gute Freundin. Können wir irgendwo reden, wo wir ungestört sind?"

„Ist was drin für mich?"

Mit einem müden Lächeln zog Mr. D eine Geldklammer aus der Innentasche seines Jacketts und zählte ein paar Scheine heraus. Giselle griff hastig danach und ließ sie im Bund ihrer Hot Pants verschwinden. „Kommt mit."

Durch ein dunkelrotgestrichenes Treppenhaus führte sie uns zu einem langen Gang im zweiten Stock, von dem verschiedene Türen abzweigten. Vor einer hielt sie an und schloss auf.

„Setzt euch!", wies sie uns an, und Jared und ich quetschten uns auf die schmale Couch.

Mr. D blieb stehen. „Was kannst du uns über Hugh Hamilton erzählen?"

Sofort wurde der Ausdruck auf Giselles Kindergesicht verschlossen. „Hugh Hamilton! Das ist ein Autohändler, der sich auf den Verkauf von Elektroautos spezialisiert hat. Er hat Schuhgröße 11, hat einen Bauch, der aussieht, als ob er seine ganze Familie darin herumträgt, und er besteht darauf, dass ich sein bestes Stück Elton nenne."

Mr. D hob die Augenbrauen. „Wie bedauerlich. Denn das ist nicht der Hugh Hamilton, an dem ich interessiert bin."

„Ich rede nicht über meine Kunden."

„Das wirst du müssen, Schätzchen, wenn du nicht willst, dass ich mir die hundert Mäuse, die ich dir gegeben habe, eigenhändig aus deiner Unterwäsche zurückhole." Seine eisgrauen Augen spießten sie förmlich auf.

„Ich weiß, dass du diskret bist", sagte Jared und zog Giselle auf seinen Schoß. „Aber über Hamilton bräuchten wir unbedingt ein paar Informationen. Die Lady ist seine Verlobte."

Giselles schmaler Körper verspannte sich sichtlich.

„Seine Ex-Verlobte. Und keine Sorge, ich will ihn nicht mehr", beruhigte ich sie und rang mir ein Lächeln ab. Auch wenn ich Hugh außer Verachtung keinerlei Gefühle mehr entgegenbrachte, war die Vorstellung, dass er während unserer Beziehung zu Prostituierten gegangen war, alles andere als angenehm.

„Der Kerl ist ein Wichser. Sei froh, dass du ihn los bist", schaltete sich Mr. D ein, dem mein gequältes Lächeln wohl nicht entgangen war. „Aber jetzt würde ich gerne zum Punkt kommen." Er warf einen demonstrativen Blick auf seine Armbanduhr. „Hamiltons Rowdies haben einen meiner Angestellten krankenhausreif geschlagen. Und da ich meine Jungs wie eigene Kinder liebe, möchte ich diese Tat nur höchst ungern auf mir sitzen lassen."

„Wen denn?", fragte Giselle.

„Fynn", antwortete Jared.

Giselle schluckte und drehte den Kopf wieder Mr. D zu. „Was willst du wissen?"

„Trefft ihr euch im Club?"

„Nein. Wir gehen in ein Hotel."

„Und wie oft?"

„Zweimal in der Woche."

Oh Gott! „Wie lange … geht das schon?“, erkundigte ich mich aus einem masochistischen Zwang heraus.

„Seit einem halben Jahr. Vielleicht ein bisschen länger. – Tut mir leid“, murmelte die junge Frau.

„Schon gut. Es macht mir nichts aus.“

„Du kannst froh sein, dass du ihn los bist“, sagte sie, ohne mich anzuschauen. „Dieser Kerl ist eine perverse Sau.“

„Hat er dir etwas getan?“

„Nein, aber diese Nummer, die ich immer für ihn abziehen musste … Dass die Kerle davon träumen, Krankenschwestern, Dominas oder Sekretärinnen zu ficken, kann ich alles nachvollziehen, und hab ich kein Problem damit, aber Schulmädchen … da könnte ich kotzen.“

Schulmädchen?! Meine Hand krallte sich in der Lehne des Sofas fest.

„Giselle“, Mr. D schlug einen geschäftsmäßigen Ton an, „ich gehe davon aus, dass du ohne Weiteres dazu bereit bist, auf die Treffen mit Mr. Hamilton zu verzichten, wenn ich dir für deinen Verdienstausfall einen finanziellen Ausgleich biete. Habe ich recht?“

„Wollen Sie an seiner Stelle ran? Kein Problem.“

Mr. Ds Mundwinkel zuckten leicht, doch er hatte sich sofort wieder im Griff und schüttelte den Kopf. „Das ist ein sehr verlockendes Angebot. Bedauerlicherweise fehlt mir dazu momentan die Zeit. Alles, was ich von dir möchte, Kleines, ist, dass du mich über euer nächstes Treffen informierst. Ich hätte furchtbar gerne ein paar hübsche Fotos von dir und ihm. Glaubst du, das würde sich einrichten lassen?"

Giselle wiegte ihren Kopf hin und her. „Schwierig. Mr. Hamilton ist sehr diskret", imitierte sie Mr. Ds Sprechweise. „Ich bekomme den genauen Treffpunkt immer erst kurz vorher, und er sorgt dafür, dass wir außerhalb des Hotelzimmers nie zusammen gesehen werden. Wenn ihr allerdings mit einem kleinen Filmchen zufrieden wärt", auf einmal sah sie sehr zufrieden aus, „das könnte ich euch sofort besorgen. Ihr müsstet allerdings noch einen Hunderter drauflegen."

„Filmchen?" Jared hob die Augenbrauen, und auch ich hing wie gebannt an ihren Lippen, über die sich nun ein listiges Lächeln schob. „Ja. Ich treffe gewisse Sicherheitsvorkehrungen, wenn ich mit Freiern außerhalb des Clubs verabredet bin. Um im Notfall etwas gegen sie in der Hand zu haben. Natürlich lösche ich alles sofort wieder, wenn sie sich benehmen", fügte sie eilig hinzu. „Aber Mr. Hamilton war gestern Abend erst bei mir."

Ich schnappte nach Luft.

„Also, wie sieht es aus? Ist euch Hugh Hamilton als Pornostar noch ein paar Mäuse wert?"

Mr. D schloss kurz die Augen, zückte dann aber erneut seine Geldklammer.

Giselle nickte ihm huldvoll zu und ließ auch diese Scheine in ihren Hotpants verschwinden. Dann holte sie eine schwarze Handtasche, die aufwändig mit Nieten und Ösen verziert war, von der Ablage ihrer Garderobe und öffnete sie. Ein walnussgroßes silbergraues Gerät war mit Klebeband in ihrem Inneren fixiert. Giselle löste die Klebestreifen und entnahm der winzigen Kamera eine SD-Karte. „Wollt ihr Hamilton mal in Aktion sehen?“ Sie zeigte auf ihren Laptop.

Ich winkte ab. „Nein, danke. Ich glaube dir auch so.“

„Auf jeden Fall!“, sagte Mr. D.

Giselle fuhr den Laptop hoch und schob die Karte in den Schlitz. Ein paar Augenblicke blieb das Display schwarz, doch dann wurde, an den Rändern leicht unscharf, ein Bild sichtbar. Ein dicker Mann mit Vollbart und Halbglatze lag mit heruntergelassener Hose auf einem Boxspringbett.

„Wie möchtest du mich heute, Süßer?“, gurrte Giselle, die sich dem Mann auf dem Video in BH und halterlosen Strümpfen näherte. „Sorry!“ Sie kicherte. „Der kam erst nach Hamilton dran. Ist völlig harmlos, will immer nur einen geblasen bekommen. Aber man weiß ja nie, nicht wahr?“ Sie spulte im Schnelldurchlauf zurück, und ich bemühte mich so wenig wie möglich von den Bildern, die an mir vorüberzogen, aufzunehmen, bis Giselle triumphierend ausrief: „Das ist er!“

Ich sah braune Haut aufblitzen und ein steif aufgerichtetes Glied zwischen dem roséfarbenen Stoff eines geöffneten Hemdes. Giselle kniete vor ihm. Die Haare zu Zöpfen geflochten und mit Faltenrock und weißer Bluse bekleidet. Ich schnaubte. Kein Wunder, dass ich Hugh in meiner schwarzen Reizwäsche Angst eingejagt hatte. Hastig drehte ich mich weg, weil ich mich sonst vermutlich übergeben hätte. Dieses Schwein! Warum hatte ich nie etwas von seinen Vorlieben gemerkt? Oder hatte ich einfach nur die Augen verschlossen?

Mr. D jedoch war höchst zufrieden. „Bingo!“, hörte ich ihn sagen. „Der Wichser erpresst so schnell niemanden mehr.“

Epilog

Fynn saß auf seinem Bett und schaute auf die Uhr. Wo blieb Jared nur? Gestern Nacht und heute Morgen hatte er durch die starken Schmerzmittel, die ihm im Krankenhaus eingeflößt worden waren, ganz neben sich gestanden und war zu keinem klaren Gedanken in der Lage gewesen. Im Laufe der letzten beiden Stunden jedoch hatte die Wirkung der Spritzen nachgelassen, und er wurde vor Sorge um Sarah fast wahnsinnig. Hamilton wusste, dass sie ihn betrogen hatte. Was, wenn er seine Wut nicht nur an ihm, sondern auch an ihr ausgelassen hatte?

Fynn ballte die Hand zur Faust. Er war kein Schläger, aber bei der Erinnerung an den gestrigen Abend fing es an, in ihm zu brodeln. Hamilton hatte nicht den Mumm gehabt, ihm selbst eine reinzuschlagen. Der feige Hund hatte seine Rowdies auf ihn losgelassen. Wie aus dem Nichts waren die beiden dunkelgekleideten Männer erschienen, als er in die Seitengasse eingebogen war, die vom Club auf den belebten Ocean Drive führte. Den ersten Schlägen hatte er noch standhalten können, aber als eine Faust in seinen Magen schoss, war er in die Knie gegangen und von den beiden Kerlen unbarmherzig mit ihren schweren Stiefeln bearbeitet worden.

„Schöne Grüße von Hugh Hamilton. Lass in Zukunft deine dreckigen Finger von seiner Schnecke", hatte einer der beiden gezischt und ihm Handy und Geld aus der Hosentasche gezogen, aber da lag Fynn bereits halb besinnungslos am Boden. Daran, wie Jared und Angelo ihn gefunden hatten, konnte er sich nicht mehr erinnern. Nur noch, wie er sich zu einer Bank geschleppt hatte. Danach versank alles im Nebel.

Schon zwei. Jared hätte vor über eine Stunde hier sein sollen. Fynn rappelte sich auf und schleppte sich zur Tür. Die beiden gebrochenen Rippen schmerzten höllisch, und sein ganzer Körper fühlte sich an wie eine überreife Mango. Aber wenn er die Zähne zusammenbiss, würde er es bis nach Hause schaffen. Das Miami Beach Community Health Center lag schließlich nur eine knappe Meile von seiner Wohnung entfernt.

Auf dem Gang wurde er von der hübschen rothaarigen Schwester empfangen, die ihm heute Morgen seinen Verband gewechselt hatte.

„Was machen Sie hier?"

„Der Doc meinte bei der Visite, dass ich nach Hause kann. Mein Kumpel hat wohl vergessen, mich abzuholen. Haben Sie eine Schmerztablette für mich? Ich wohne nur fünf Minuten entfernt. Ocean Drive."

„Sie gehen nirgendwohin!" Die Schwester schob ihn energisch zurück in sein Zimmer. „Dr. Johnson hat gesagt, Sie dürfen nur nach Hause, wenn Sie sich dort unverzüglich ins Bett legen. Sie müssen sich schonen. Ich rufe Ihnen ein Taxi."

„Aber mein Bargeld … Ich habe nichts dabei."

„Für gewöhnlich werden Taxifahrer erst am Ende der Fahrt bezahlt", bemerkte die Schwester mit einem ironischen Unterton.

Verdammt! Sie hatte recht. Er hätte sich schon vor Stunden zu Sarah fahren lassen können. Sein Gehirn funktionierte immer noch nicht richtig und fühlte sich an, als wäre es in mehrere Lagen Watte eingepackt.

Es klopfte an der Tür.

Die Schwester lächelte. „Ihr Freund hat sie wohl doch nicht vergessen."

Fynn drückte sich erleichtert nach oben.

Aber es war nicht Jared, der das Zimmer betrat, sondern sein Boss. Mr. D musterte ihn und deutete auf Fynns malträtiertes Gesicht. „Lila steht dir."

Obwohl Fynn sich trotz der geprellten Rippen um eine aufrechte Körperhaltung bemühte, spürte er, wie er unter dem stechenden Blick des Mannes zusammensackte. „Woher … Woher weißt du, … dass ich hier bin?"

„Jared hat es mir gesagt." Mr. D nahm sich unaufgefordert einen Stuhl und zog ihn an Fynns Bett.

„Ich habe etwas mit dir zu besprechen."

Fynn schluckte. „Wenn es um meine Auftritte geht, ich werde schauen, dass ich so schnell wie möglich wieder auf der Bühne stehen kann. Jared wird bis dahin den Solo-Act übernehmen, und bei den anderen Nummern kommen die Jungs auch ohne mich aus. Es ist alles bereits geklärt." Wenn Mr. D einen Ersatz für ihn suchte, war er erledigt.

„Darum geht es nicht." Mr. D ließ seine Fingerknöchel knacken.

„Du kennst meine Regeln?"

Fynn nickte.

„Die Gäste werden in Ruhe gelassen. Kein Küssen, kein Fummeln, gar nichts." Mr. Ds Stimme war schneidend geworden.

„Ich weiß, Boss."

„Weißt du das wirklich?" Mr. D griff in die Tasche seiner Anzugshose und zog zwei zerknitterte Fotos heraus. Das erste zeigte Sarah, wie sie mit hochgezogenen Schultern eilig aus dem Club hastete. Auf dem anderen waren sie beide abgebildet, wie sie vor dem Mustang standen und sich küssten. „Ihr Verlobter ist nicht besonders angetan von eurem kleinen Techtelmechtel. Und dummerweise ist der Vater dieses Verlobten ein sehr einflussreicher Mann, mit dem ich bereits das eine oder andere Mal meine Probleme hatte."

Fynn atmete scharf aus. „Tut mir leid, dass du wegen mir Ärger hast."

„Ärger! Schön wär's." Mr. D lachte verächtlich auf. „Junge, du hast deinen Schwanz in die Kleine von Hamilton junior gesteckt. Hast du wirklich gedacht, dass du ihn in einem Stück wieder herausziehen kannst? Wie oft habe ich euch schon gesagt, dass ihr mehr mit eurem Hirn denken sollt?"

„Keine Sorge. Ist mir klar." Fynn schaute dem schwarzhaarigen Mann fest in die Augen. „Aber in diesem Fall habe ich den ganzen Mist nicht meinem Schwanz zu verdanken."

Mr. D winkte ab. „Erspar mir dieses Gesülze. Hab' deine Sarah heute Mittag kennengelernt. Ist ein hübsches Ding. Und sie weiß, was sie will. Das gefällt mir."

„Wann hast du sie getroffen?“, fragte Fynn verwirrt durch die plötzliche Wendung des Gesprächs.

„Sie war bei mir im Club. Wollte sich für dich einsetzen.“

„Dann geht es ihr gut?“ Er schoss nach oben und zuckte im nächsten Moment zusammen, weil seine Rippen angesichts dieser unsanften Behandlung protestierten.

„Vorhin war die Kleine jedenfalls noch putzmunter. Können wir jetzt los? Ich habe in einer halben Stunde einen Termin.“ Mr. D stand auf. „Oder genießt du das bequeme Leben hier so sehr, dass du hier Urlaub machen willst?“

„*Snake* holt mich ab.“

„Der hat zu tun. Ich werde dich fahren.“

„Wie komme ich denn zu der Ehre?“

„Weil ich dein Boss bin und mir deshalb viel daran liegt, dass du wohlbehalten zu Hause ankommst. Schließlich sollst du so schnell wie möglich wieder auf der Bühne stehen.“

Fynn kniff die Augen zusammen. „Dann schmeißt du mich gar nicht raus?“

„Grund dafür hätte ich. Und wenn du noch einmal aus der Reihe tanzt, bist du fällig. Aber deine Eskapade hat mir ein paar sehr nützliche Informationen zugespielt.“

Fynns Arme und Beine fühlten sich an, als wären seine Muskeln durch Pudding ersetzt worden, und er schaffte es kaum, sich aufrecht zu halten. „Ich verstehe nicht … Was ist mit Hamilton? Seine Drohung …“

Mr. D grinste selbstgefällig. „Hat sich erledigt. Hamilton junior hat nämlich ein paar sehr spezielle Vorlieben und die machen ihn … sagen wir mal … ein wenig angreifbar. Vor dem Scheißer haben wir nichts mehr zu befürchten.“ Er lachte leise auf.

***

Als Fynn und Mr. D das Krankenhaus verließen, wartete Jared auf dem Parkplatz auf ihn.

„Ich dachte, du müsstest für den Boss etwas erledigen“, sagte Fynn stirnrunzelnd.

„Ging schneller als erwartet“, antwortete er lässig. „Und da wollte ich den emotionalen Augenblick, wenn du wieder nach Hause darfst, nicht verpassen.“

„Hast du meine Kreditkarte dabei? Ich muss noch das Krankenhaus bezahlen.“

Jared griff sich an den Kopf. „Oh Mist. Sorry, Mann. Ganz vergessen. Dafür habe ich dir aber etwas anderes mitgebracht.“ Er zeigte auf Mr. Ds BMW. Die Tür wurde geöffnet. Schwarzlackierte Fingernägel und Beine in Schlangenprint-Jeans erschienen. Mit einem breiten Lächeln und weit ausgebreiteten Armen ging Angelo auf Fynn zu.

Der runzelte die Stirn. „Was soll der Scheiß?“

„Wie? Freust du dich etwa nicht, mich zu sehen, Schätzelein. Das ist aber sehr undankbar von dir.“ Angelo gab Fynn einen Klaps auf den Hintern. „Schließlich habe ich dich zusammen mit Jared gestern Nacht gefunden und hierher gebracht.“

„Doch … Ich verstehe nur nicht …“

„Kleiner Scherz. Der musste sein.“ Jared verstrubbelte Fynns Haare. „Wir haben natürlich noch etwas Besseres zu bieten. Du kannst herauskommen, Süße.“ Die Tür der Limousine öffnete sich ein weiteres Mal, und dieses Mal stieg eine schlanke, hochgewachsene Frau mit langen blonden Locken heraus. Sarah!

„Hey!“, sagte sie und wirkte dabei ganz verlegen.

„Hey!“ Fynn versuchte die schmerzhaften Schläge zu ignorieren, die sein Herz auf seine verletzten Rippenbögen ausübte.

„Beim letzten Mal, als ich dich gesehen habe, sahst du besser aus.“

„Ich hatte einen kleinen Unfall.“ Fynn strich sich über das lädierte Gesicht.

„Was ist passiert?“

„Ich hab mich in ein Mädchen verliebt. Hat ihrem Verlobten nicht so gut gefallen.“

„Das tut mir leid. Es hat dich ganz schön übel erwischt. Du hättest besser die Finger von ihr gelassen.“ Sarah legte den Kopf schief.

„Nein. Sie ist es wert“, sagte er rau.

„Puh! Dieses verliebte Getue ist nichts für mich.“ Jared verzog das Gesicht. „Boss, fahr Angelo und mich zu meinem Wagen. Pikante Fotos, Erpressung, unser Besuch im Bordell und nun diese rührende Szene. Nach diesem Morgen muss ich mich vor der Show dringend noch ein paar Stündchen hinlegen.“

„Was habt ihr denn im Bordell gemacht?“, fragte Fynn mit zusammengezogenen Augenbrauen.

Doch Jared hatte sich bereits umgedreht und Angelo zurück in den Wagen geschoben. „Lass dir das von deiner Süßen erzählen“, sagte er über seine Schulter hinweg und grinste.

„Und wie komme ich nach Hause?“

„Du hast einen privaten Chauffeur.“ Sarah ließ lächelnd einen Autoschlüssel zwischen ihren Fingern hin und her baumeln.

„Viel Spaß euch beiden! Und nimm den Kerl nicht zu hart ran, Sarah. Ich will diese Gentleman-Schmuse-Nummer so schnell wie möglich wieder loswerden“, feixte Jared, bevor auch er im Inneren des BMW verschwand.

Als Mr. D sich hinter das Steuer setzen wollte, hielt Fynn ihn noch einmal zurück.

„Ich möchte mich bei dir bedanken, Boss.“

Der wehrte ab. „Ich habe ein rein geschäftliches Interesse an dir, Junge. Schließlich hast du mir in den letzten Jahren eine Menge Geld eingebracht.“ Er stieg in den Wagen und brauste davon.

Schweigend standen Fynn und Sarah eine Zeitlang voreinander.

„Mein Gott, ich bin so froh, dass dir nicht mehr passiert ist“, durchbrach Sarah schließlich die Stille. „Ich habe Hugh total unterschätzt.“

„Hat dir der Kerl etwas getan?“ Fynn hielt sie eine Armlänge von sich entfernt.

Sarah schüttelte den Kopf. „Nein. Das hat er nicht. Und ich erzähl dir alles. Aber nicht jetzt. Jetzt nehme ich dich erst einmal mit nach Coral Gables. Schließlich musst du die nächsten Tage aufopferungsvoll gepflegt werden, wenn du sobald wie möglich wieder die Frauenwelt aufmischen willst."

„Was ist mit deinem Vater ...?"

„Ich habe ihm von dir erzählt."

„Auch von meinem Job?"

„Noch nicht. Aber das wird kein Problem sein. Er will, dass ich glücklich bin. Das hat er selbst gesagt. Und du machst mich glücklich." Sarahs graue Augen funkelten. „Außerdem hat er früher selbst getanzt."

„Hat er sich auch dabei ausgezogen?"

„Zumindest nicht in der Öffentlichkeit. Aber wer weiß, was er hinter verschlossenen Türen alles drauf hatte." Sarah grinste.

„Und was werden eure Bekannten oder die Kollegen in der Kanzlei sagen, wenn sie von uns erfahren? Ich kann mir nicht vorstellen, dass sich ein Mann wie er einen Stripper als Freund für seine Tochter wünscht. Aber ich werde das Tanzen nicht aufgeben." Fynn presste die Lippen aufeinander. „Zumindest nicht, solange ich studiere."

„Das verlange ich auch gar nicht von dir." Sarah legte die Arme vorsichtig um seine Taille. „Mach dir nicht so viele Gedanken. Ich weiß, dass er dich mögen wird. Ich war jedenfalls vom ersten Augenblick an verrückt nach dir. Außerdem habe ich lange genug das gemacht, was andere Leute von mir wollten, und nur auf meinen Verstand gehört. Jetzt ist mein Herz an der Reihe. Und das sagt, dass ein erfolgreicher und talentierter Stripper genau das Richtige für eine aufstrebende Anwältin wie mich ist."

„So einfach ist es nicht."

„Ist es das jemals?“ Sie zog Fynn in Richtung ihres Wagens.

„Eine Frage habe ich aber noch.“ Er hielt sie zurück.

„Und welche?“ Sarah legte die Arme um seinen Hals und küsste ihn auf den Mund.

„Deine Listen …“

„Ach, die …“, winkte sie ab. „Ich habe beschlossen, ohne sie auszukommen. Das, was ich in der letzten Zeit geplant habe, wurde sowieso alles zerschlagen.“

„Das trifft sich hervorragend!“

„Wieso?“

„Weil *ich* auch eine aufgestellt habe.“ Fynn zog sie, so fest es ihm seine malträtierte Rippe erlaubte, zu sich heran. „Nachdem ich dich halbnackt aus dem Meer gerettet habe, musste ich nämlich ununterbrochen daran denken, was ich gerne alles mit dir machen würde. Und ich schätze, mit der vollständigen Abarbeitung meiner Liste wirst du erstmal eine ganze Zeitlang beschäftigt sein.“

Liebe Leserin, lieber Leser!

Ich hoffe, dass Fynn Ihnen schöne Stunden bereiten konnte, und würde mich sehr über eine Amazon-Rezension freuen!

Wenn Sie mehr von den Diamond Guys erfahren möchten, besuchen Sie die Jungs doch auf Facebook: www.facebook.com/TheDiamondGuysSeries.

Hier halte ich Sie über die Serie auf dem Laufenden – und liefere jede Menge „visuelle Unterstützung" für die Bilder im Kopf ;).

Alles Liebe!
Jade McQueen

PS: Weiter geht es mit …

The Diamond Guys
Jared

Mary Cooper will einen Neuanfang. Nachdem sie mehrere Monate in einer Entzugsklinik verbracht hat, beschließt sie, zu ihrem Cousin Angelo nach Miami zu ziehen, um ihr Leben wieder in den Griff zu bekommen.

Was sie nicht weiß: Angelo ist Tänzer im Diamond Club, genau wie sein unverschämt attraktiver Mitbewohner Jared. Der tätowierte Diamond Guy liebt die Herausforderung und schenkt Mary zunächst wenig Beachtung.

Erst als Angelo für zwei Wochen in Urlaub fährt und Jared die Aufgabe zufällt, für Mary zu sorgen, beginnt er hinter ihre Fassade zu blicken. Dabei kommt er ihr näher, als Mary es je wieder bei einem Mann zulassen wollte …

Leseprobe

Jared Jefferson liebte seinen Job. Er liebte das Tanzen. Er liebte die Musik. Er liebte die anderen Jungs, und er liebte die Frauen. Aber mehr noch liebte er die Herausforderung.

„Jared!“ Norah schob ihn weg. „Wie oft habe ich dir schon gesagt, dass ich Berufliches und Privates voneinander trennen will.“

„Das will ich doch auch“, raunte Jared ihr ins Ohr. „Auf der Bühne gehöre ich allen, doch jetzt gerade gehöre ich nur dir.“

Er stellte sich breitbeinig vor der jungen Kellnerin auf und ließ seine Hand ihren Hals entlanggleiten. Mit Genugtuung bemerkte er, wie sie unter seiner Berührung erschauerte. Er machte sie eindeutig nervös, auch wenn sie noch so sehr versuchte es zu leugnen.

Norah war eine bildhübsche Frau Mitte zwanzig mit weiblichen Kurven. Jared hätte sie jedoch genauso attraktiv gefunden, wenn sie flach wie ein Brett oder adipös gewesen wäre. Was ihn anzog, war nicht so sehr ihr Aussehen, sondern vielmehr ihr Widerstand.

Norah sah ihn an und ihr blonder Pferdeschwanz wippte hin und her, als sie den Kopf schüttelte. Sie trug einen Rock, der ihr bis zu den Knien reichte, und eine hoch geschlossene Bluse. Die weibliche Kundschaft war immerhin da, um nackte Männer zu sehen und nicht nackte Frauen.

„Jared. Ich fange nichts mit einem von euch Jungs an“, sagte sie. „Mein Onkel bringt uns beide um, falls er was davon erfährt.“

Jared seufzte. Norahs Onkel war sein Chef Mr. D, und der sah es gar nicht gerne, wenn seine Nichte angebaggert wurde.

„Er muss es ja nicht erfahren“, flüsterte Jared und sie lachte.

„Ich wiederhole. Ich fange nichts mit einem von euch an. Und vor allem nicht mit dir, Jared. Einigen der anderen Jungs würde ich ja noch glauben, dass sie ernste Absichten verfolgen. Fynn ist zum Beispiel einer von der guten Sorte. Aber du? Nie im Leben.“

Sie befanden sich in einer Nische hinter der Bühne und Jared war klar, dass sie jeden Moment entdeckt werden konnten. Aber das machte es für ihn nur noch interessanter. Das, und die Tatsache, dass Norah zwar mit ihm flirtete, aber ihn dann abwies. Und zwar immer und immer wieder.

„Ich habe nie behauptet, dass ich ernsthafte Absichten verfolge, Norah. Ich behaupte nur, dass du mit mir eine Liebesnacht erleben kannst, die du nie wieder vergisst.“

Norah grinste. „Ich glaube, du überschätzt dich.“

„Ach wirklich?“

Jared ließ eine Hand über ihre Hüfte und ihren Schenkel hinabgleiten und Norah keuchte auf.

„Finger weg“, rief sie und schlug nach seiner Hand. Tadelnd wedelte sie mit ihrem Zeigefinger vor seiner Nase hin und her. „Es mag ja ganz unterhaltsam zu sein, von dir angeflirtet zu werden, Jared.

Aber es gibt Grenzen, die auch du nicht überschreiten solltest."

Jareds Mundwinkel zuckten und er beugte sich noch einmal nach vorne. Dabei kam er so nahe an sie heran, dass er ihre Brüste an seinem Oberkörper spüren konnte.

„Du machst einen Fehler, wenn du mich abweist, Norah. Du weißt ja gar nicht, was du verpasst."

Norah lachte und wand sich aus seiner Umarmung.

„Vielleicht nicht", sagte sie. „Aber ich weiß, was du verpasst. Und zwar deinen nächsten Auftritt. Wenn ich mich nicht täusche, dann bist du jeden Moment dran. Und wenn ich nicht zusehe, dass ich mich wieder um die durstigen Gäste kümmere, macht mein Onkel mir die Hölle heiß."

„Du hast doch Raucherpause. Haben wir nicht heute diese Neue da, zum Probearbeiten?"

„Ramona? Die ist zum Kellnern so geeignet wie du fürs Kloster, Jared. Mein Onkel sollte sich wirklich bemühen, mal jemanden zu finden, der weiter zählen kann als bis drei. Ganz offensichtlich gibt es kaum kluge Mädchen, die bereit sind, in einem Männerstripclub zu arbeiten."

„Dann ist es ja gut, dass du da anders bist."

Er lächelte herausfordernd, und sie schob ihn weg.

„Jetzt hör schon auf, deinen Charme zu versprühen. Wenn ich nicht genau wüsste, dass du mich morgen wieder wegwerfen würdest wie ein gebrauchtes Kondom, dann …"

„Kondome?", fragte Troy, der von hinten an sie herangetreten war, und die beiden fuhren auseinander. „Oh. Braucht ihr welche? Ich glaube, ich hab hier irgendwo ..." Er tastete seinen Arztkittel ab. „Ach, nein. Tut mir leid. Die waren in dem anderen Kostüm."

Er lächelte entschuldigend und Jared hätte ihm am liebsten den Hals umgedreht. Troy hatte ein Talent dafür, immer zur falschen Zeit am falschen Ort aufzutauchen.

„Zieh Leine, *Dr. Feelgood*", knurrte er und Troy zuckte zurück.

„Hab ich hier gerade etwas über Kondome gehört?", fragte nun auch Rick, der in voller Kriegermontur neben sie trat und anzüglich grinste. Zur Abwechslung trug er heute eine Ritterrüstung und ein Holzschwert statt seiner üblichen Wikingerverkleidung. Mit seinem Helm überragte er Jared um fast eine Kopflänge, und sein Brustharnisch ließ ihn noch breiter wirken, als er ohnehin schon war.

„Wenn du schon in Erwägung ziehst, mit einem von uns zu vögeln, solltest du lieber einen richtigen Mann nehmen, Norah."

„Redest du von dir, Rick? Ganz ehrlich. Mit dir würde ich nicht mal schlafen, wenn wir die letzten beiden Menschen auf der Erde wären."

„Wie? Auch nicht, wenn es keine Sextoys gäbe?", fragte Troy.

Ungläubig starrte Norah ihn an und schüttelte dann bestimmt den Kopf.

„Jungs. Jetzt ist Schluss mit lustig. Ihr müsst auf die Bühne und ich muss Ramona helfen. Falls mein Onkel mitbekommt, dass wir uns hier hinten amüsieren, während die Mädels auf dem Trockenen sitzen und nichts zum Gucken haben, macht er uns alle einen Kopf kürzer. Also los jetzt. Husch, husch!"

Troy zuckte mit den Schultern und trollte sich. Rick rückte seinen Helm zurecht und machte ebenfalls, dass er davon kam. Doch als Norah wieder an die Arbeit gehen wollte, griff Jared nach ihrem Arm.

„Ich werde nicht so schnell aufgeben", sagte er und sah sie eindringlich an.

„Ich weiß", gab sie zurück. „Aber solange du nur auf eine kurze Affäre aus bist, habe ich kein Interesse. Tut mir leid, *Snake*. Und jetzt mach, dass du auf die Bühne kommst."

Jared grinste und ließ sie los. Er atmete noch einmal durch und zog dann sein langärmeliges Shirt glatt, das er später zerreißen würde, um seine Tattoos zu entblößen. Schon hinter dem Vorhang konnte er das Kreischen der Ladys hören.

Die Bühne vibrierte unter dem Geklatsche und Mr. D stachelte das Publikum ordentlich an.

„Ein Anblick so heiß, dass er eigentlich in die Wüste gehört. Er ist so beweglich und elegant wie eine Natter. Ladies, ich bitte um einen großen Applaus für den einzigartigen ... den atemberaubenden ... SNAKE!", rief er ins Mikrofon.

Die Musik ging an und Jared trat ins Rampenlicht. Als der Applaus der Damen ihn empfing, verspürte er ein starkes Gefühl der Genugtuung. Das hier war sein Leben. Seine Leidenschaft. Sein Applaus. Er liebte es. Und er würde es gegen nichts in der Welt tauschen wollen.

***

100, 200, 300. Der Abend hatte sich eindeutig gelohnt, auch wenn Jared Norah immer noch nicht dazu gebracht hatte, sich mit ihm zu verabreden. Sie war eine harte Nuss, die er aber irgendwann zu knacken beabsichtigte.

„Hey *Snake*", sagte Matt und schlug ihm so hart auf den Rücken, dass die Scheine fast zu Boden gefallen wären. „Da hast du ja ordentlich Asche gemacht, was?"

Jared winkte ab und fing noch einmal von vorne an zu zählen.

„Als ob du dich beschweren könntest, *Firecracker*", sagte er. „Die Mädels fliegen doch auf dich wie die Motten zum Licht."

Rick lachte spöttisch. „Motte?", fragte er. „Die Bitch, die dich den ganzen Abend über angeschmachtet hat, war doch wohl eher ne heiße Biene. Hey Fynn. War das nicht die Freundin von deiner Alten?"

„Sarah", erklärte Fynn ernst. „Ihr Name ist Sarah. Nicht Alte. Aber ja. Die junge Frau, die Matt schöne Augen gemacht hat, war Sarahs Freundin Roselyn."

nicht an der Show teilgenommen. Er litt immer noch unter den Nachwirkungen des Überfalls, den Sarahs Ex-Verlobter in Auftrag gegeben hatte. Seine geprellten Rippen heilten zwar gut, aber er würde erst in ein paar Wochen wieder auftreten können. Trotzdem kam er regelmäßig in den Club, um nichts Wichtiges zu verpassen und zumindest hinter der Bühne auszuhelfen.

„Ich wette, diese scharfe Roselyn wartet auf dem Parkplatz auf dich, Matt“, feixte Rick. „Die solltest du dir schnappen, bevor ich es tue.“

Matt winkte ab. „Mach ruhig“, erklärte er. „Die ist nicht mein Typ.“

„Nicht dein Typ?“, grollte Rick. „Bist du seit neuestem schwul? Der regelmäßige Kontakt zu Angelo tut dir nicht gut, was?“

Angelo ging in den hinteren Bereich des Umkleideraums ohne etwas zu sagen. Nachdenklich blickte Jared ihm hinterher. Es kam ihm eigenartig vor, dass sein Kumpel nicht auf Ricks Frotzeleien reagierte. Für gewöhnlich hatte Angelo immer einen lustigen Spruch auf Lager, wenn ihn jemand auf seine Homosexualität ansprach. Aber heute schien er nicht bei der Sache zu sein. Selbst auf der Bühne war er nicht hundertprozentig da gewesen und hatte deswegen weniger Trinkgeld bekommen als sonst. Offensichtlich stimmte etwas nicht mit ihm.

Jared machte sich von der Unterhaltung über Roselyn los und ging seinem Kumpel hinterher. Das konnte er unmöglich auf sich beruhen lassen.

Angelo war der Einzige, der einen richtigen Schminktisch in der Garderobe besaß. Natürlich war er auch der Einzige, der einen benötigte, aber Jared fand es trotzdem außergewöhnlich nett, dass Mr. D. diese Sonderstellung von Angelo unterstützte.

„Hey Angel", sagte Jared, als er sich neben seinen Kumpel an den Tisch lehnte. „Alles in Ordnung mit dir?"

zuckte mit den Schultern. „Klar. Warum?"

Er hatte schon geduscht und begann jetzt, großzügig Makeup auf seinem Gesicht zu verteilen. Das tat er immer, aber trotzdem hatte Jared das Gefühl, dass etwas nicht in Ordnung war.

„Du verhältst dich eigenartig."

„Du meinst noch eigenartiger als sonst? Wenn du auch vorhast, dich über mich lustig zu machen, kannst du genauso gut gleich wieder gehen."

„Angelo." Jared packte seinen Freund an der Schulter und zwang ihn aufzusehen. „Jetzt mal ernsthaft. Was ist los?"

„Ich will dich nicht da mit reinziehen."

„Worein denn?"

„Naja. Ich … ich habe eine Nachricht von meiner Cousine bekommen."

„Von der Kleinen, die in der Klinik ist?"

Angelo nickte.

Jared sog scharf die Luft ein. Angelo hatte ihm einiges über seine Cousine erzählt. Früher waren die beiden unzertrennlich gewesen, aber dann war ihre Mutter an Krebs gestorben und sie war mit ihrem Vater weggezogen. Was dann folgte, war ein Trauerspiel. Jared wusste nichts Genaueres, aber er hatte es so verstanden, dass das Mädchen ordentlich auf Abwege geraten war. Die letzten Monate hatte sie wegen Drogen in einer Klinik verbracht. Eine Tatsache, die Angelo sehr belastete.

„Sie wird morgen entlassen“, erklärte er, während er sich die Wimpern tuschte.

„Aber … das ist doch eine gute Nachricht.“

„In gewisser Weise schon. Nur …“

„Nur was?“

Es sah Angelo gar nicht ähnlich, dass man ihm alles aus der Nase ziehen musste, daher vermutete Jared, dass es seinen Kumpel sehr beschäftigte.

„Sie ist immer noch nicht stabil und daher … Also. Ich habe ihr angeboten, dass sie bei uns wohnen kann.“

„Und wo, bitte schön?“

„In meinem Zimmer. Mein Bett ist groß genug für uns beide.“

Jared verschränkte die Arme vor der Brust.

„Das hast du dir ja toll ausgedacht. Und was wird aus deinem Liebesurlaub mit Herbert?“

„Den werde ich wohl absagen müssen. Es sei denn …“

Angelo brach ab und Jared bekam eine Vorahnung, die ihm ganz und gar nicht in den Kram passte. Angelo war schon seit Monaten mit Herbert liiert, aber Jared hatte den Eindruck, dass es bei den beiden kriselte. Der Liebesurlaub auf Hawaii sollte für sie einen Neuanfang bedeuten. In zwei Wochen sollte es losgehen. Aber was war dann bitte schön mit Angelos Cousine?

„Es sei denn, was?“, fragte Jared unterkühlt.

„Es sei denn, du kümmerst dich so lange um sie.“

Jared verschränkte abwehrend die Arme. „Mensch, Angel. Das kann doch nicht dein Ernst sein. Ich soll Babysitter spielen?"

„Hey. Du musst ja nicht für sie kochen oder so. Es wäre nur schön, wenn sie jemanden in der Nähe hätte, wenn …"

„Wenn sie die Lust überkommt, einen Joint zu rauchen? Na, herzlichen Dank auch."

„Sie ist clean."

„Ja. Aber seit wann?" Es gefiel ihm nicht, dass Angelo ihn um so einen Gefallen bat. Er war Stripper und kein Babysitter. Was sollte er mit so einem Mädchen denn anfangen?

„Schau mal. Das ist sie", sagte Angelo und zog ein Foto aus der Tasche. Es zeigte ein Mädchen von vielleicht vierzehn Jahren. Sie war sehr dünn, hatte langes braunes Haar und hohe Wangenknochen. Doch das Ausdruckstärkste an ihr waren die dunkelgrünen Augen, in denen so viel Schmerz und Trauer zu liegen schienen, dass Jared ihn durch das Bild hindurch zu spüren glaubte.

„Das war in der Zeit, als ihre Mutter krank war. Ist schon eine Weile her, aber so kannst du dir zumindest ein Bild machen."

Jared nickte und sah an Angel vorbei in den Spiegel. Was für ein ungleiches Paar sie doch abgaben: er, der mit seinen vielen Tattoos alles dafür tat, auch seine männliche Seite zu betonen, und dann Angelo, der mädchenhafter nicht sein könnte. Als sein Freund knallroten Lippenstift aus seinem Täschchen suchte, musste Jared lachen.

„Ach, Angel. Ich kann dir am Ende doch nichts abschlagen. Dann kümmere ich mich halt um die Kleine, während du weg bist."

Angelos Gesicht begann sofort, von innen heraus zu strahlen.

„Wirklich?", fragte er. „Oh Gott. Danke. Vielen vielen Dank. Du bist der Beste, Jared. Wirklich der Allerbeste."

Er sprang auf und fing an, Jared von oben bis unten abzuknutschen, bis dieser lachen musste und ihn wegschob.

„Schon gut, schon gut. Ich liebe dich ja auch. Wie heißt die Kleine überhaupt?"

„Mary", sagte Angelo lächelnd. „Mary Cooper."

The Diamond Guys: Jared.
Ab Mai 2015 erhältlich auf Amazon!

5864064R00134

Printed in Germany
by Amazon Distribution
GmbH, Leipzig